www.ingramcontent.com/pod-product-compliance
Ingram Content Group UK Ltd.
Pitfield, Milton Keynes, MK11 3LW, UK
UKHW012248290726
14090UKWH00013B/523

9 786140 111653

أحببت يهودية

أحببت يهودية

رواية

د. وليد أسامة خليل

الدار العربية للعلوم ناشرون ش.م.ل
Arab Scientific Publishers, Inc. S.A.L

الطبعة الأولى: شباط/فبراير 1435 هـ - 2014 م
الطبعة الثالثة: تموز/يوليو 1436 هـ - 2015 م
الطبعة الرابعة: تشرين الثاني/نوفمبر 1438 هـ - 2016 م
الطبعة الخامسة: كانون الثاني/يناير 1439 هـ - 2018 م

ردمك 978-614-01-1165-3

تـوزيـع

عين التينة، شارع المفتي توفيق خالد، بناية الريم
هاتف: 786233 - 785108 - 785107 (1-961+)
ص.ب: 13-5574 شوران - بيروت 2050-1102 - لبنان
فاكس: 786230 (1-961+) - البريد الإلكتروني: asp@asp.com.lb
الموقع على شبكة الإنترنت: http://www.asp.com.lb

التنضيد وفرز الألوان: **أبجد غرافيكس**، بيروت - هاتف 785107 (1-961+)
الطباعة: **مطابع الدار العربية للعلوم**، بيروت - هاتف 786233 (1-961+)

المحتويات

مُقَـدِّمَـة

الحـب عبـارة عـن كلمـة واحـدة فقـط، أحياناً تتخللـه نقـاط هامة تتسـرب إليـه فتجعله يلمع كنجمـة لا تمـوت، أو تهبط به إلى القاع حيث يقـاوم بضـراوة للصعـود إلـى القمـة، وبـكلا الحالتين فالحب هو الحب.

الفصل الأول

....

نقاط الصداقة

(جميعنا نعود في النهاية إلى آدم وحواء)

توجه نحو مقهى "*Belgravia*" في شارع "*Belgrave*" الإنجليزي، شدته رائحة القهوة وعراقة المكان، جلس في مقعده المفضل ليبدأ كتابة روايته الجديدة.

كانت النادلة "سِيتا" مبتسمة طوال الوقت بعد قسوة الأمطار وإشراقة الشمس الجميلة، في زاوية القهوة التي تطل على الشارع المزدحم اتخذ مكانه المعتاد، خلفه تقبع جميع أنواع القهوة (أسبرسو، ماكياتو، قهوة لاتيه، ... الخ)، رمقته "سِيتا" بنظرتها المليئة بالثقة وقدمت له بعد دقائق "موكا" مع لبن مبخّر تعلوها طبقة خفيفة من الكريمة المخفوقة ومزيّنة ببودرة الشوكولاتة، على الرصيف المقابل تناثرت الكراسي الجميلة المصنوعة من الخيزران متوسطة طاولات بأعلاها غطاء ملوّن بشعار المكان.

أخرج قلمه الرصاص الذي يفضّله في الكتابة وبدأ يكتب أحداث الفصل الأول بعد أن عاد من ملهمته، حديقة الهايد بارك، إنه يشعر بأنه مبتدئ أمام كل رواية جديدة، كما لو أنه يكتب لأول مرة، لقد مرت فترة طويلة لم يستطع أن يكتب خلالها أي كلمة عن الحب، كان الألم يحبسه وكأنه لا يخص سواه.

جميع رواياته مرتبطة بالحب وقد فقده منذ مدة، حتى أصبح من

الصعب على عقله معرفة من منهما سبق الآخر في الرحيل، الحب أم الكتابة.

أتى "Anthony" من بعيد بشعره الأشقر وعينيه الزرقاوتين وسحب كرسياً من أمامه وجلس معه، وبدأ حديثه مع صديقه الكاتب الفلسطيني "معين":

- إلى متى؟؟
- أرجوك لا تفتح هذا الموضوع مرة أخرى.
- كل كاتب في هذا العالم بحاجة إلى قصة حب تجعله يبدع في الكتابة، وأنا سأساعدك لكي تخرج من هذه المحنة التي وضعتها في عقلك ولا تزال تسيطر عليك إلى الآن.
- ماذا؟؟
- غداً موعدك في الثامنة مساءً في مطعم "*Clos Maggiore*" مع امرأة اخترتها عن طريق مكتب خاص للمواعدة.
- لن أذهب.
- لقد أعطيت هذا المكتب جميع المعلومات التي تحبها وتفضلها في النساء، وخرجت هذه المرأة المناسبة لك من بين آلاف.
- لا وألف لا، أنا لا أقتنع بمواعدة عمياء دون معرفة مسبقة.
- هذا هو الحل المناسب لك لكي تخرج من هذا الانعزال، أنا أعلم بأنك ستكون مُحْرَجاً بعض الشيء بعد فترة طويلة من الابتعاد عن النساء، وربما لا تحدث أي شرارة بينكما، لذلك ستعرفان بعضكما عن طريق العلامات فقط، فهي ستلبس قلادة خضراء وأنت ستلبس قميصاً أخضر، بحيث إذا لم يتم الإعجاب بينكما يذهب كل منكما في طريقه دون أي معلومات إضافية أخرى.
- من الأفضل أن لا أعرف أي شيء عنها من الآن لأني لن أذهب.
- ستذهب، ولكن هذّب لحيتك التي أصبحت كلحية "Givara".

- لماذا من بين جميع الأصدقاء في العالم، يكون لي صديق إنجليزي مجنون مثلك، لماذا؟!!

- لأن الله قدّر لنا أن تكون طفولتنا في نفس الحي ونتخرج من نفس الجامعة ونبقى أصدقاء حتى الآن وإلى الممات.

دقّ هاتف "Anthony" وكانت زوجته تطمئن على أن "معين" سيذهب إلى الموعد غداً، ورد عليها "Anthony" وبصوت عالٍ تأكيداً على خطته التي يريد بها خروج صديقه من حالة الكآبة التي أصابته بمقتل:

- بالطبع سيذهب، سأحضر حالاً لاصطحاب الفتيات إلى النادي.

غادره وهو يودعه بكلمات مقتضبة ويؤكد على موعده بالغد، وأن يخبره بالتفصيل عما سيحدث معه.

نظر إليه "معين" وهو يغادر، هو واثق بأنه يمتلك صديقاً حقيقياً، صديق يفرح إذا احتاج إليه و يسرع لخدمته دون مقابل، فنحن بالنهاية لا نحتاج إلى أشخاص يتعاملون معنا بذكاء العقول، ولكن ما نحتاجه أشخاص يتعاملون معنا "بصفاء القلوب"، وصديقه "Anthony" يعطي ولا ينتظر أن يأخذ، مثل الشمس تظلنا بنورها ودفئها و طاقتها دون مقابل حتى نهاية الحياة.

رجع إلى دفتره وعاد إلى كتابة روايته الجديدة؛ بكل أسف يظن أغلب القراء بأن الكاتب يعيش من أجل الكتابة فقط، بينما هو يعاني مثلهم من مشاكل الحياة التي تنغص عليه تفكيره، ويعاني دائماً من صعوبة إيجاد الفكرة الأساسية لروايته، وبينما هو في وحي الكتابة، أتاه صوت فتيات يحيطنه بإعجاب، توقفت خواطره لدقائق والتفت بعد أن تعرقل فكره العفوي ومشاعره المتدفقة.

قالت إحداهما:

- الكاتب المشهور والذائع الصيت "معين" في هذه القهوة، يا لها من صدفة سعيدة.

انتفض عن كرسيه، وبدا ينظر إليهن كأنهن حلقات من زهرات الكرز تتناثر من حوله، رأى ألوان الزهور بشبابها الفتان مزخرفة باللون الزهري والأبيض، وكأنها تعيش في جذوره وتتفتح من أسطح مشاعره الذابلة.

كان كفزّاعة الحقول، مرعبة للآخرين ولكنها من الداخل مليئة بالقش الهش، وذلك بسبب خجله الشديد مع الشهرة، فهو نادراً ما يتكلم أو يراسل معجبيه، سكت ولم يتكلم ليرضي غروره المبطّن بالإطراء.

ابتدرنه بجملة من الأسئلة مليئة بالإعجاب والانبهار، تدل على متابعتهن المستمرة لكل رواياته.

ارتفعت معنوياته قليلاً، وأحس نفسه كنمر كهل يبحث عن فريسته الأخيرة، كان معروفاً ومقروءاً لدى الملايين ولكن كان وجهه نكرة، وفجأة وضع ناشر كتبه صوره على رواياته وعلى مواقع الإنترنت وتنبأ له بشهرة صورية، كان على درجة من القوة والتأكد لنجاح مبتغاه.

قال للناشر: أي سخف أن يعجب بي القراء بعد أن تعديت الأربعينات بمراحل عديدة، فأنا رجل غريب عليهم وقادم من ماض يعتمد على الذكريات الجميلة، وموضوع داخل ساعة رملية تعمل على الأحاسيس الجميلة المحتبسة في صدري.

وتحققت نبوءة الناشر وأصبح وجهه رمزاً إعلامياً مميزاً، أصبح مثل الفنان الجورجي "Niko Pirosmanashvili" الذي حقق شهرة بعد أن مات من الجوع، وصارت صورته تزين العملة الورقية لبلاده بكونه كنزاً وطنياً.

ماذا يريد الآن من الشهرة وعذابها بعد أن توفيت زوجته التي

كانت تبني معه الرواية حجرة بحجرة، وتحاول الغوص معه إلى أفكاره الشائكة لتجعلها تعلو إلى الفضاء النقي.

أدهشه تفكيره بالموت يومياً، وكأنه شيء خبره مسبقاً، أزاح الأفكار المأساوية من عقله قليلاً وتكلّم مع هؤلاء الفتيات قائلاً:

- لم أتوقع من الجيل الجديد أن يفهم كل الطاقات الذابلة والمتراخية في أعماقي، وأن يحس بالمفردات والتعابير التي تناولتها في رواياتي.

أخذ يحاورهن كشاب يافع مثلهن، وكأصدقاء قدامى دخلن معه في لعبة السطور والصفحات.

جاوب على جميع أسئلتهن ثم أضاف:

- لم أكن كاتباً بارعاً، بل إنساناً محظوظاً لأني خُلقت في عصر الكتاب، كنت معجباً بملحمة "جلجامش" وقضاياها الإنسانية المركزية، كمشكلة الموت والخلود، والصراع بين الحياة والموت، وقد انتقلت أثر هذه الملحمة في جميع روايتي، إني أنصحكن بأن لا تركضن وراء الكلمات الهابطة اللاهثة التي تحيط بكن، وأن تقرؤوا قراءة تحليلية تعرفون فيها صفات البطل الحقيقية بعيداً عن الركام الذي ينتشر في الصحف والمجلات الرخيصة.

قالت أكبرهن:

- لقد عشت مع أبطال رواياتك وتكلمت معهم وحزنت لحزنهم وفرحت لفرحهم، بل صاروا أشبه بكتلة من المشاعر المتحجرة في عقلي وقلبي، ولكن لماذا نسيت جيل الشباب في رواياتك وركّزت على أحداث عصرك فقط؟؟ ألا يعني أن نتساوى مع زمنكم وحياتكم!! أما زلت تؤمن أن عصرنا قد انتهى الحب منه!! وأن حياة الحب في زمنكم هي الأجمل.

رد عليها قائلاً:

- لقد خطفني الماضي ببساطته ونقاء مشاعره، فانهيار علاقات الحب

في عصركن الحالي، لم يكن بسبب مشاعر ذبلت، ولا بسبب خيانة، بل لخلاف تجاويف قلوبكن.

- ماذا تقصد؟
- اعذريني، لم تعد الفتاة وديعة في عصركن، أو أنثى بمعنى أصح، اختفى قلبها المحمل بشذى الأزهار وطردت عطورها الساحرة، واتجهت إلى تحدي الرجل.
- هل تريدها أن تسكن في سجن أضلاعه مدى الحياة؟
- لا، لم أقل ذلك، ولكنها نسيت أن إحساسها بالضيق والكآبة الذي يصيبها كل يوم كان بسبب فقدانها لعنصر الحب النقي، لم تعد تهز أغصان الأشجار لحبيبها، ولم تعد تحرص على أن تجعل أوراق العشق تتساقط من حوله.
- الحرية لا تساوم حتى ولو كان ثمنها الحب، لم نعد جواري نخدم مولانا الرجل.

ابتسم لها قائلاً:

- وهل إظهار الحب علناً يعتبر عيباً أو قبحاً، الآن أغلب الفتيات إذا وقعن في الحب، يكتبن ثورة العشق التي بداخلهن لحبيبهن، ثم يتجاوزن هذه المرحلة إلى قصة حب روتينية مملة خالية من المشاعر والعبارات الصادقة.
- لم نعد نرغب في أن يسيطر علينا أي مخلوق؛ وحتى لو تم ذلك، فمن المستحيل إيجاد الرجل المثالي في هذا الزمن.
- يجب أن تعلمي أنه كلما عاندتي قدرك وأفكارك المرتبطة بأنوثتك، فلن يعود هناك من مكان آمن للحب ولا للحياة ولا للفرح في قلبك، سيذهب الأمن والأمان، ومعهما ما تبقى منك.
- شكراً لك، سأقرأ باهتمام كل حرف كتبته وأحلل كل شخصية وضعتها في رواياتك، لم نتوقع أن تكون سخياً معنا بأفكارك، إنه

أمر رائع أن نراك، هل تسمح لنا بأخذ توقيعك؟!

أحس بامتنان شـديد لجيل يملك طموحاً لا حدود له، وفي نفس الوقت أصبح عملياً ومنهكاً من متطلبات الحياة اليومية، وفاقداً لأساسها وعامودها الثابت على الأرض، ألا وهي الرومانسية.

وقّع على أوراقهن البيضاء الشـاهدة على أفكارهن الشـبابية متمنياً لهن كل التوفيق.

لقد بأن جهده وانعزاله عن العالم وسفره المتواصل في السابق من أجل إيجاد فكرة لرواياته، كانت أحلام اليقظة الكثيفة التي تحف بعقله الآن تتحـول إلـى أسـراب من النحـل الدؤوب الذي يبحـث عن الأفكار الملونة في حياته للاستفادة منها في إخراج عسل قريحته، أحس بالرضا وبأن رواياته أنصفته.

بعـد هـذه المحادثـة، ولـد بداخله حماس شـديد في عضلات يده وكأنـه أخـذ جرعـة من دواء منشـط، كانت متعته مضاعفـة، كأنها تفريغ لقلمه الرصاص الذي يسـتوجب حتماً تفريغاً آخر لمشـاعره، بدأ يكتب صوراً من داخل عقله تحتوي على سيرته الذاتية التي أصبحت من غبار النسيان والتي أثارت أمواجاً من الحنين لشبابه والاستيقاظ من عز نومه ليكتب عن أحلام البسطاء والمهمّشين والحالمين بحياة أفضل.

لم يبق من السيجارة التي بيده سوى عقبها، كان قد تعهّد لزوجته الراحلة أن لا تلمس يده سيجارة بعد اليوم، ولكنه لم يستطع أن يكون الـزوج المثالـي لهـا، لقـد غـدرت بـه الحياة، لقـد توقّـع أن يموت قبل زوجته بسنين عديدة بسبب الضغوطات والمشاكل العديدة التي واجهها في حياته، ولكن حاجز المثابرة الذي بداخله كان يوقفه ويوقظه ويطلب منه أن يكافح ويخرج من أي مشكلة تواجهه كشخص لديه الثقة والقدرة والإمكانيات الشخصية التي تتطلبها الحياة، ولكنه الآن يدخل في مرحلة من الإحباط والملل تتطلب منه الرحيل عن هذا العالم وأن لا يعود إليه

مرة أخرى.

طلب من "سيتا" الفاتورة، وسألها كعادته عن أحوالها وعن خطيبها، ردت عليه بآخر المستجدات في حياتها وهي سعيدة بهذه الصداقة التي استمرت بينهما لسنوات عديدة، وتعلّم علم اليقين بأن الصداقة لا تنحاز إلى جنس أو لون أو دين فهي هندوسية وهو مسلم، و كأنّ آدم وحواء قد أنجباهما قبل ثوان قليلة بقلوب خالية من العنصرية والتعصب الديني.

الفصل الثاني

....

نقاط الخوف

تقولين إنك تخافين الحب! لماذا تخافينه؟ أتخافين نور الشمس؟ أتخافين مدّ البحر؟ أتخافين طلوع الفجر؟ أتخافين مجيء الربيع؟ لماذا يا ترى تخافين الحب؟

(من رسائل الورد المهداة إلى الشاعرة
"مي زيادة" من الشاعر "جبران خليل جبران")

عاد إلى شقته، أحس بوحدة قاتلة تحيط به، وجد على بابه قميصاً أخضر وكرتاً فوقه، فتح الكرت الذي كان بخط صديقه "Anthony" وقرأه:

(ليتني أملك الفرح لأهديته لك، لكنني أملك فقط الدعاء لك بالسعادة حيثما كنت، كانت صداقتنا على مر السنين صداقة لوجهين لعملة واحدة، أرجو أن تقبل هذه الهدية البسيطة وتذهب إلى الموعد غداً).

تذكّر طفولته برفقة "Anthony" وكيف كان يتعرّض لمضايقات كثيرة من الطلبة لكونه أسمر البشرة وعربياً، وكان "Anthony" هو الذي يدافع عنه ويحميه، أصبح صديقاً وأخاً له، وكان الاثنان يبوحان بكل أسرارهما لبعضهما البعض بمعنى أن صداقتهما لم ولن تنتهي حتى بعد زواجهما وانشغالهما بأمور الحياة، هكذا هي الصداقة شجرة صلبة تمر بجميع الفصول وتبقى صامدة.

قرّر الخوض في تجربة المواعدة العمياء من أجل التسلية فقط

والخروج من حالة الاكتئاب الشديد التي لاحت بالأفق، وأيضاً حتى تساعده هذه التجربة في صياغة روايته الجديدة التي تتحدث عن أسرار الحب.

حلق ذقنه ولمّع جزمته، وأخرج بنطلوناً من القطن لونه بني مناسباً لهذا القميص الأخضر، وكان يضحك بسره متوقعاً ردة فعل المرأة ذات القلادة الخضراء عندما تشاهده، حيث كان متوقعاً أن ترحل فوراً وبدون عودة، وذلك فقط من خلال مشاهدتها للمحات وجهه الجادة والحزينة.

أتى قبل الموعد المرتقب بنصف ساعة ودخل إلى المطعم المزين بالأشجار الجميلة الخضراء في أعلاه والمدفأة الحجرية في وسطه وجلس على أول طاولة تطل على باب المطعم، ثم طلب قهوته المفضلة، وبدأ يراقب النساء كلاً على حدة، هل من المعقول أن تكون فتاته هذه الشقراء الطويلة، لا إنها هذه السمراء الممتلئة، لا... لا... إنها هذه الفتاة المبتسمة ذات الشفاه المغطاة بلون الفراولة الفاقع، كان الانتظار ممتعاً ومليئاً بالترقب، ولكن ما نهاية هذا الانتظار، إن النفس سئمت من هذا الانتظار، ولكن ليس لديه أي حيلة سوى انتظار هذا المخلوق الأنثوي الذي أصبح يداعب خياله، لقد أصبح قلبه قاحلاً والأشجار يبست والأزهار ذبلت والأنهار جفت، هل من المعقول أن يأتي المطر ليسقي روحه المعذّبة ويغذّي عواطفه وإحساسه المفقود؟؟ لقد تاقت نفسه للمشاعر الرقيقة التي فقدها، ما أتعس اللحظة و الحياة إن أضعناها دون وجود الحب.

وفجأة، جاء صوت من خلفه، تصادف أنه لامرأة ملامحها عربية تطلب قهوة ومهما حاولت أن تخفي لغتها الأصلية، فحروفها تبحث عن الحياة وتشبه حروفه، كانت تجلس على طرف الكرسي مضطربة وتلبس قلادة لونها أخضر، إنها تشكل لوحة ثلاثية الأبعاد تتحرك أطرافها في روعة المكان، كانت بطلة روايته تتجمع أمامه بملامحها المنمّقة في

لحظة واحدة لتحلّق في خياله إلى غيوم السماء الصافية، بالطبع لقد أتت قبله وانتظرته ليبدأ الحديث معها، ولكنه كان ينظر إلى الباب الأمامي للمطعم ولم ينظر خلفه، أحياناً تكون السعادة قريبة جداً إلينا ولكنّ أعيننا تضع الحواجز لتجعلها بعيدة.

بُهر بما رآه، وسحرته عيونها المكحّلة، كانت تملك أنفاً دقيقاً، نافراً، كفرس جموح لا يروّضها الفرسان، عيناها هادئتان وتبحثان عن شيء ما لا يزال بعيداً عن ناظريها، استمر يتابعها دون أن ينطق بكلمة.

لم يستطع أن يذهب إلى طاولتها، وأصبحت تعابير وجهه تفضحه، كما لو أنه عاد مرة أخرى إلى سن المراهقة، مرت عشرة دقائق يحاور نفسه ويناقشها بصمت، ولكن كثرة الأفكار تبعث على تشتّت العقل، وهو يريد أن يمسك بباقة الأمل من أجل هذه المرأة التي أرجعت جزءاً من مساحات الحب الفارغة إلى عقله.

رأت عينيه تنظران إليها بشوق ولهفة لمحادثتها، ولكنه أزاحهما بسرعة إلى لوحة معلّقة في المطعم لسفينة قديمة ترفع أشرعة العشاق وتبحر نحو الحياة، حيث الأنهار العسلية والسمك المتوهج بالدفء والألفة.

تضايقت من نظراته المتصلة، كان يحنو عليها أحياناً بوجهه المحتفظ بوسامته، ويقسو عليها أحياناً بشاربه الكث الذي تراكمت عليه هموم السنين.

أحست بالخوف من تجربة العشق فنهضت على غفلة، وأدارت ظهرها وخرجت.

جرى خلفها وبجرأة الشباب قال لها:

- كيف تخرجي دون أن أعرف قصتك؟!

- أي قصة، لقد أتعبتني من صمتك وتجمدت روحي من نظراتك واختلاف أفكارك.

تلعثم بالكلام وأعجبته جرأتها فقال لها:

- هكذا هي الحياة، لا بد من وجود أشخاص نختلف معهم ويختلفون معنا، إن أصابع اليد الواحدة لا تتساوى.
- ولماذا تبحث عن الاختلاف في الأفكار؟ إن أبواب الجنة مشرّعة للجميع، ولكن المشكلة هي أن البعض يذهب بأفكاره إلى النار.

شعر بعشق مباغت هبط عليه، ابتسم لها وطلب أن يجلس معها على طاولتها.

وافقت باستحياء، وران عليهما صمت من صدمه وجود شخص ما في حياته لم يتوقّع أن يكون موجوداً، أصبحت الشمس لا تدخل طاولتهم إلا تلصّصاً وترسم عليها وروداً تحيط بنهر "التايمز" وتمتد معه بألفة بيّنة.

كانت في نهاية العقد الرابع من العمر، لها عينين تبثان الجنون لناظريها، شفتين ناعمتين وسحنة سمراء، قال لها بانبهار واضح على انفعالاته وعواطفه:

- الحياة لا تضيّع هذه الفرصة السانحة لكلينا، كلميني عن نفسك، أغرقيني في تفاصيلك ودعيني أعوم في عقلك.
- امرأة في زحمة الحياة ضائعة بعمل متواصل، أرملة، ترفض أي علاقة حب من أجل الضعف البشري، ولن تسمح لنفسها بالتغلب عليها.

أشعل سيجارة، وراح يتأمل دخانها المتصاعد على وجهها، كان مستغرباً من التناقض الموجود في شخصيتها فهي ترفض أي علاقة حب وبنفس الوقت أتت للبحث عن علاقة جديدة، لا بد أنها امرأة نرجسية تستطيع أن تفعل ما تريد بسبب جمالها الفتان الذي يغفر لها هذه الزلات.

كانت بانتظار هذه الاستراحة المليئة بالأفكار والإثارة لتكمل معه

الحديث من جديد قائلة:

- لا تستعجل وتأخذ الأمور بظواهرها، ولا تحاول أن تعرف المزيد لأن هذا سيوقعنا في المشاكل، أنا وأنت موجودان والزمان بيننا.

- هل هناك من يولد بلا مشاعر، دعينا ندخل في عمق التجربة ونشرب إكسير الحياة.

- ماذا تقصد؟؟

- بعد أن مهّدت الظروف لنا هذا التعارف... اسمي "معين ملحة" كاتب فلسطيني في زمن أصبحت القراءة تعتبر الأعجوبة الثامنة من عجائب الدنيا، أرجو أن آخذ رقمك قبل أن أموت فضولاً ولا أجد من يحمل نعشي.

تذكرت هذا الكاتب فوراً وشهرته المدوية، وأحست بتوتر شامل ومستمر يحيط بها، وتوقّعت تهديداً وخطراً قد يحدث نتيجة التحدث معه فقط، وصاحبها خوف غامض وأسباب شعورية مكبوتة ومخزونة في عقلها الباطن، أجابته قائلة:

- اسمي" مريم "ولن أخبرك من أين أتيت وإلى أين سأرحل، وسأدعك تعرف المزيد عني من خلال الظروف التي من الممكن أن تقرّبنا أو تبعدنا إلى الأبد.

توقفت قليلاً عن الحديث، وفكّرت لماذا نرمي فشلنا على الظروف، اللعنة على الظروف، و أصابها نوع من أنواع التحدي لنفسها وعناد خلق معها منذ الطفولة فأكملت حديثها قائلة:

- هذا رقمي أيها الفيلسوف الممزوج بخيال الكاتب.

أحس بأنها زادت فضوله بكلامها، وكضربة سيف سحرية انكمش في مقعده، أدرك برؤية كاشفة أن هناك قوة روحية عظيمة ستكون قاسماً مشتركاً بينهما مدى الحياة.

أغاظها صمته مرة أخرى بعد أن أخذ رقمها، وعيناه ترنوان إليها

بفضـول، كانـت عينـاه السـوداوان تظهـران قوتـه و تزيـدان من غموضه وتشـعّان ببريـق سـحري يـدل على نقاء روحـه وقلبـه، أعجبها حضوره المسالم المرهف المطعّم بأخلاق الفرسان.

خرجت من المطعم دون أن تستمر بحديثها معه، أرادت أن تجعل من غرورها قصة يرويها للآخرين.

أشـاح بوجهـه عنهـا، أصابتـه نوبـة مـن الذهـول، وأراد أن يمـوّه بمشاعره المتشحة بالألم بعدها السريع عنه، ولكن أصابه انفصام كاتب، ذكره بالعبقري "John Forbes" الذي كان مصاباً بانفصام شخصية ومع ذلك وضع نظرية "التوازن المشهورة" والتي أصبحت حديث الناس في جميع أنحاء العالم، إنه الآن في مرحلة من عدم التوازن، يريد أن يدعها ترحل، وفي نفس الوقت يريد أن يجري خلفها، وبالنهاية قرّر أن يكلّمها هاتفيـاً ليجعـل جميـع هذه الأصوات المجتمعة في عقله المصاب حالياً بمرض الفصام أن تتوحّد بشوق وجنون لتعرف عنها الكثير.

أخـرج سـجائره مـرة أخـرى فتصاعد دخـان أبيض امتـزج بأفكاره وإحساسـه بـذكاء امـرأة عرفـت منذ اللحظـة الأولى بأنه إنسـان متلهّف لمعرفتهـا ويتمنـى قربهـا، والرجـل بصفـة عامة يخـاف المـرأة الجميلة والذكية في الوقت نفسه، لأنها تملك سلاحين وهو لا يستطيع ان يبارز إلا بسلاح واحد فقط، ألا وهو كلامه المطعّم بالعشق.

حضـر الجرسـون ووضـع قطعـة مـن الجاتـوه المخلوطـة بالتوفي علـى طاولتـه، فوجـد رجلاً على وجهه ابتسـامة فـرح غامضة دلت على سمو روحه وتحليقها نحو أفق يصنّف بالأمل والأمنية، إحداهما حاضر والآخر غائب.

الفصل الثالث

....

نقاط الاختلاف

(إذا أحبت المرأة رجلاً بصدق، تجاهلت كل الاختلافات بينهما لكي تبدأ معه حياتها الخاصة بها)

هـل تتمسـك بـه؟!! إنها تعيش فـي أرض جافة لا تنبت بها زهور الياسـمين، أرض قاحلـة دفنـت بهـا أحلامها، هل تسـتطيع أن تعود إلى الحيـاة مـرة أخـرى؟؟!! هـل تسـتطيع أن تحـب بمعنى أصـح؟؟!! هل تستطيع أن تنتصر على الاختلاف الذي بينهما؟!!

هو متعلّم، مفكر، متطلّع ومن فلسطين، وهي امرأة يهودية وسيدة أعمال من الطراز الأول ولا تفكر إلا بزيادة رأسمالها، كيف تبني روحها وأفكارها معه، كيف تنظر إلى الكون البعيد وهي خارجة منه إلى نقطة البداية.

أرادت لأمنيـات الحلـم بـأن تعـود معه، لكن لم يبـق لها وقت أو قدرة للتفكير في غير العمل.

مـن أول لقـاء لهمـا اسـتطاع أن يفـكك عقدة الحـب، حرّرها من الأبواب الصدئة وأخفى حزنها القديم الذي غلّف بعتمة السنين.

هل سيلاحظ الإضافات السنية التي كسبتها خلال سنوات عمرها، هل سينظر إلى هذه اللوحة السريالية المليئة بالخوف من معرفة جنسيتها فيعرقلها الظلام وينكسر عندها حد الفراغ.

وضعت سيمفونية لـ "Felix Werder" الألماني الذي تميّز ببراعة

الحركة الرابعة الراقصة "سوناتا" في موسيقاه، وتخيلت صورة الفارس الوسيم الذي يطير بها إلى النجوم ويقول لها: (كم ستكون الحياة القادمة جميلة وأنت معي، سأكون عاشقاً لك بمفردات مختلفة، بفكرة، بحلم، بغد متفائل دائماً).

هي مستعدة مرة أخرى أن تعيد تجربة الزواج وتدخل مع أهلها في كل المآزق والحفر والجبال الوعرة إذا وجدت الحبيب المناسب لها.

إنها تريد ملامسة مباشرة للعشق ليس فيها أي تزييف أو تلفيق، لقد تعلّمت الكثير من واقعها، ولكن إعادة اكتشاف العالم المحيط بها بمفرداته، ونقاط الضعف والقوة الموجودة بداخل روحها وذاتها وكل تكويناتها، لا بد له من وجود أحداث محددة وواضحة المعالم تتبلور لتصبح مخزن السعادة الجديد لعمرها الباقي، وسيكون الماضي ثرثرة أوهام ليس لها أي داع.

* * *

مشدوداً بمركزية تواجد العشق في أرجاء الأرض وإرادته القوية في عودة الحب إلى قلبه اتصل بها وقال:

- لم أستطع أن أمنع نفسي من أمنيات الحلم بعد أن عرفت ذاتي العارية، القاسية، والوحيدة، كأن الاختلاط والخلط بين الاكتشاف والتعلق في مولود جديد على أرض الواقع وبين الخيال هو الذي وضعني في مربع من الأمنيات للتحدث معك.

في قلبها، كان رملاً تمنّته بحراً، وكان بدراً تمنّته قمراً، لماذا التناقض الذي تعيشه في حياتها الآن!! إن الحياة منحتها الحرية والقيد في وقت واحد، ولكن المهم لها الآن هو أن تكون "مريم" السعيدة في معظم الأوقات، المجنونة بعشق الحبيب، المرأة العاملة التي تشارك في المحافل العالمية، ولكنها في نهاية المطاف تحتاج إلى رجل تشعر به في

عز القيظ لتبوح له عن حبها، في أغاني "Chava Alberstein" وخصوصاً في أغنية (الزهرة الأرجوانية) التي تعشـقها والتي تعبّر عنها الآن وخصوصاً في هذه اللحظة الممزوجة بمشـاعر الحزن والفرح المتجمعة في عقلها والتي تكاد أن تنفجر في أي وقت.

قالت له:

- ها أنا، اسـتمع لي لكي أمارس تناقضاتي، وأكتشـف وأختار رجلاً أملكه لنفسي، بنفسي ولنفسي.

أشعل كلامها إشارة الحب بلهيبها الأحمر في عقله فقال لها:

- كيف أسـتقبل الصيف من دون أن أودع شـتاء العمر، أريد أن أرى فصل الشتاء والصيف في فصل واحد وأرتاح من لقاء الحبيب تحت المطر.
- افففف، خيالك قاس، انزل قليلاً من برجك العاجي وابحث عن كل فصل على حدة لكي تعيش مع الآخرين.
- هل تحضرين معي غداً لمسرحية "Sometimes I Laugh Like My Sister"؟
- ما هذا الجنون!! لقد قرأت إنها مسـرحية من شـخصية واحدة فقط، ولا يوجد غير بطلة مع مقعد وكوب ماء.
- إنها تروي قصتها بروح مرحة وقوة وسحر لا مثيل لها لتثير داخل نفوس المتفرجين مشـاعرهم الحقيقية، ربما سـتواجهين صعوبة في بدايـة الأمـر حتـى تعرفـي أفـكار الممثلة، ولكن سـيبدو لك المكان والجمهـور كبيـراً جـداً بروحه الغامضة، ولا بد لك أن تتفاعلي معها لمعرفة العبرة من المسرحية من بدايتها إلى نهايتها.
- إذا شاهدتها، وستشاهدها مرة أخرى من أجلي.
- نعم، لكي أستمتع بحرية المغامرة مع امرأة تسللت إلى حياتي لتفتح لي نفقاً بين روحها وروحي وتذوبني، كما يذوب قنديل الماء على

الرمال.

ابتسمت في سرها وتمعّنت بوجهه الجميل، وجيشان لسانه المليء بالعشـق المتدفـق بـلا حـدود، والذي قاسـت به قوة مشـاعره من خلال حديثه معها، ولكنها اسـتغربت من عدم سـؤاله إلى الآن عن جنسـيتها، إنـه يظـن بأنهـا عربيـة الأصل بسـبب ملامحهـا العربية وعيونهـا الكبيرة المكحلة.

قال لها:

- غداً موعدنا!!

- OK (العبارة السحرية والمختصرة والمفيدة لكل الأمور العاطفية).

* * *

كانت الشـمس لا تزال تختفي خلف الغيوم، وحرارة الجو مثّلت خير دليل على قدوم فصل جديد للعشاق.

فـي الحـي الـذي تعيش فيـه "Knightsbridge" والذي تمتلك فيه عـدة شـقق فـي Brompton Road، كان المـكان يمتلـئ بأنواع المقاهي والمطاعـم الراقيـة، عـن كثـب كان هنـاك أعمـال ترميم لمكتبـة صغيرة جميلـة علـى رفوفهـا كتب إيطالية مغطاة بالنايلـون، كانت تحب قراءتها أيام المراهقة لما تحتويه من مشاعر غزل وحب جنوني.

" لندن" مدينة ساحرة، مريحة، جميلة، ولكن المكان الذي تعيش فيـه الآن أصبـح مزدحمـاً، وكل الناس يعرفون خبايا الآخرين عن طريق الصحافـة والإنترنـت، لا يوجـد أسـرار ولا خصوصيـة فـي الحب، لقد اختفى عنصر الغموض الذي يتطلبه الحب.

جعلـت موظفيهـا يجمعـون عن "معيـن" تفاصيل دقيقة عن حياته، وتوابـل كثيـرة تداولتهـا الصحف عنـه، تمنّت بداخلها أن تشـاركهم في كل حكاية جديدة حصلوا عليها، ولكنها كعادتها صارمة جداً بما يتعلق بعلاقتها مع موظفيها.

في تلك الأثناء، كانت تجلس في المقعد الخلفي من سيارتها "الرولز رويس" تجري حديثاً مع السائق، وكان يجيبها من دواعي اللباقة والأدب وربة عمله الفائقة الثراء بسلسلة من كلمة "نعم" و "لا" كيفما يكون طلبها بعد أن يدرس نظرتها في المرآة الارتدادية.

اجتازت السيارة جسر "Westminster" وأنزلها السائق بالقرب من المحطة، نزل معها للتأكد من متابعتها حتى تنزل المحطة بسلام، هذه هي أوامرها التي أصدرتها له، وذلك لتبدو كامرأة أقل من عادية مع حبيبها، متناسية أنها تتصدر الجرائد الأوروبية بكونها من أشهر سيدات الأعمال، وفي حال شاهدها "معين" على إحدى المجلات سيكون هناك توتر في علاقتها معه، ولكنها تعلم بأن جل وقته للكتابة ونادراً ما يقرأ المجلات والصحف الاقتصادية، وحتى ولو حدثت هذه الصدفة الغريبة فيجب أن يعرف في النهاية من تكون.

إنها تعلم بأن هذا الوقت هو فترة الذروة وخروج الموظفين من العمل وستكون عربات المترو مزدحمة، ولكنها تريد أن تجري مثل باقي البشر، تقطع التذكرة، تنظر إلى الآخرين وهم يتزاحمون، ورائحة الحرية وعدم التقيد بالرسميات تفوح بينهم.

يا له من كاتب غريب يريد مقابلتها في محطة للتوجه إلى مسرحية بدلاً من التوجه إلى مكان هادئ ورومانسي، ومع ذلك فهي مبهورة بكل كلمة يقولها وخصوصاً ثقافته الفنية التي من النادر وجودها في زمننا الحاضر.

كان هناك بعض الرسوم البدائية تلف مدخل المحطة معبّرة عن أحلام الشباب، تمنت هي أيضاً أن ترسم صورة قلب ميت وعليه سهم مضيء يخترقه ويعيد إليه الحياة، التجأت إلى كرسي فارغ بمقعده المصنوع من القطيفة، بدا القطار تحركه، وعلى الجهة المقابلة كان شريط من الإعلانات يدور بسرعة أمام عينيها، أتعبها الانزلاق المتواصل

بين كل محطة، وأصبحت تراقب القامات المديدة والقصيرة من حولها.

كانت هناك فتاة يانعة تجلس في حضن شاب يضحك معها ويبادلها القبل من وقت إلى آخر، والأيادي تتلامس بنيّة التقارب الجسدي، كلامهما ينساب كضحكهما، أدركت مدى اشتياقها إلى التعرّق الخفيف من مغازلة رجل، إلى نشوة حب تثمر عن غموض لا يعرف أحد كيف يولد.

الحب لغز معقّد لها، هذا ما أحسته وهي في طريقها إليه، تكاد أن تشعر بأنفاسه الحارة الملتهبة تصل إليها عبر زجاج القطار.

وجدته واقفاً خارج المحطة، تراه بطرف عينها، يبهرها قلقه بانتظارها، يحرّك بها مشاعر الأنثى التي طالما أخرستها ولم تسمعها.

أفاقت من أحلامها الوردية، تفحصت معالمه مرة أخرى، وكأنها تراه لأول مرة، رجل متوسط الطول، عيناه تمثّلان الوسامة في شخصيته، فمه يتحرك باستمرار معبّراً عن حكايا الحب، أنفه حاد يتنفس فيه مشاعرها، تفوح منه رائحة الرجولة المختلطة بالشهامة.

سلّم عليها بلهفة، وطلب منها السير قليلاً معاً حتى يصلا إلى المسرح القريب، في بداية الطريق انتظرته ليتكلم معها فلم يفعل، انتظرت أن يزيح عينيه الثاقبتين عن عينيها ولكنه ازداد إصراراً، ظل الوضع على ما هو عليه، هذه اللعبة جديدة عليها، في الماضي كان الذين تتعرف عليهم ينهشون بأنيابهم جثتها، ولكن لم تعطهم المجال أبداً، أما مع "معين" فهي تشعر بشخص يسكن آلامها ويجعلها مخلوقة أنثوية مرة أخرى، إنها تحس بالأمان معه في الفكر و التفكير و التعبير، وتستمد منه الحياة وأكثر من الحياة.

اخترقتها نار الهيام كومضة برق وأصبح رؤية وجهه كسهم من نار، ثمة عائق متين بينهما وهي تعي تماماً ما هو.

انتهت المسرحية وكانت طوال الوقت تفكر به، حتى إنها لم تنتبه لكل معاني المسرحية عندما سألها عن رأيها فيها.

لقد استسلمت لهوى جارف أعمى بصيرتها، وجعلها تفقد سداد السلوك، هل انساقت لغريزة العشق، أو غريزة الحب المفقود التي تريده لاوعياً منها للتشبث بالحياة قدر المستطاع.

أرجعها إلى المحطة وقال لها أثناء الطريق:

- كل أمور الهوى مرتبطة بكلمة أحبك، لأن هناك خلطة من اللاوعي الفكري والانجذاب المستمر تتحكم بنا عندما نحب، ويكون تأثيرها قوياً على روح وجسد العاشق، بحيث من الممكن أن تقتله بسحرها أو تضعه في جنة لا يخرج منها طوال حياته، وهذا هو مضمون المسرحية، والآن حدثيني عن مضمونك وعرّفيني بنفسك، قولي لي ما لا أعرفه عنك، ما في داخلك في هذه اللحظة ولا يعرفه أحد سواي.
- لا يوجد شيء مميّز في حياتي، لديّ الكثير من المعارف والأصدقاء، لم أشعر في يوم بأنني بحاجة إلى شخص مقرّب أو عاشق، أنا راضية بحياتي ومقتنعة بها.
- أنت غير صادقة مع نفسك، فكل امرأة مثل كرة الثلج تبدأ صغيرة على الحب، وعندما تتحول إلى عاشقة تصبح انهياراً ثلجياً يصيب الجميع دون استثناء.
- لا أدري، أشعر بأن حياتي كاملة، ولا تحتاج إلى مشاعر إضافية وتفاصيل ومنغصات وألوان رمادية تحيط بها.
- إن الألوان ارتبطت لديك بعقدة الهروب من الحب، وكأنك لا تريدين مواجهة العشق وتحاولين الهروب منه.

كانت تعلم أن لا أحد يفوز في متاهة كاتب، إلا من أدمن هدم

المعابد والمكتبات، ولكن أغرتها متاهته والتصقت بنمنماتها، فصارت تعشقها.

قالت له وهي غير صادقة بتعبيرها:

- دعنا لا نتورط بمشاعر العقل والقلب، فهي عبارة عن زهرة يتعبها انتظار لمسة الحبيب.

أهداها إحدى كتبه الذي كان بعنوان "عندما يطرق الحب بابها" وكان مُوقّعاً بكلمة واحدة فقط منه (متى).

أطرقت قليلاً ولم تفهم معنى هذه الكلمة الوحيدة، كانت أفكارها الآن متشابكة ومشوّشة، فقد وصلت إلى المحطة وكانت فرصتها للإفصاح عن حقيقتها دون أن تدخل معه في علاقة جدية، فربما يستمع منها ويتقبّل الأمر وربما لا، فينتهي هذا المشروع منذ بدايته قبل أن يتطور.

كان ينظر إليها بعد أن مارس طبيعته المعهودة في تأمل الأشخاص، إنها لا تشبه أحداً ولا تنطبق عليها قوانين العصر المليء بالبرود العاطفي.

قال برجاء رجل يود أن تبقى معشوقته معه طوال الوقت:

-" هل تودين الذهاب معي إلى مقهاي المفضل لاحتساء فنجان قهوة؟!

ابتسمت وقالت له:

- كم أود الذهاب معك لكي أرتب أفكاري وأستطيع مواصلة الحديث معك، وذلك بعد أن أصبحت قابضاً على عقلي بكلامك العذب، ولكن اعذرني فالنوم يسحبني بقوة ويطلب مني هدنة اليوم، ولكن تأكد بأن غداً سأذهب معك إلى هذا المقهى ونحضّر بداخله عشائنا ونضع فيه شموعنا النرجسية، ونمنع أي شخص من دخوله إلا أنا وأنت.

- إذن غـداً، ويـا لـه مـن يـوم طويل وحزين، سـيصبح عقلـي كالقرود الثلاثـة (لا تسـمع، لا تـرى، لا تتكلـم) حتـى تحضريـن، سـيصبح انتظارك غيوماً على عينيّ، وصواعق على أذنيّ حتى تأتين.

(متى) لقد فهمت كلمة الإهداء، التي تعني متى يطرق الحب قلبها، ليته يعلم بأنه تسلّل إلى داخل قلبها وتربّع على قمته، إنه الرجل الأوحد في حياتها الذي فهم العشـق بأسـلوب التجاذب الحسي وأدخل العنصر الصاخب لطرد قسوة الأيام من حياتها.

الفصل الرابع

....

نقاط الماضي

(العشق كقطرة ماء نقي تسقط في قلب المحبين فتجعله نهراً عذباً)

ذهب "معين" إلى دكان والده الذي يملكه في Edgeware Road الذي أخذ يتحدث إليه عن الضرائب الباهظة التي وردت إليه اليوم، وعن عـدم توفّـر بعـض البضائع الهامة التي يفضلها أهل الخليج بصفة خاصة في محله من تمر وألبان وهيل مميّز، ثم انتقل إلى الكلام عن الأحداث السياسية في فلسطين وعن الحياة بكافة تفاصيلها، أحاديث عائلية حميمة ترفعه إلى السماء، ولكن فجأة تهبط به إلى أقاصي الأراضي القاحلة بعد أن يعلم بأن أخاه "عزت" أتعب والده بتصرفاته المرهقة وبأنه ينام طوال اليوم بسبب سهراته الحمراء في نوادي لندن، ووعده بأن يتكلم معه في أقرب فرصة ممكنة لتقويم سلوكه.

أحس بأن الله أعطاه أجمل نعمة في الأرض ألا وهي وجود والده بجانبه، وحبه الصادق الخالي من أي مصلحة، كان بداخله سعادة روحية أبديـة لسـماع صـوت والده، كان يتمنـى من الله دائماً أن يكون له طفل يحمل ملامح وجهه وسحر شخصيته ومرح روحه.

عـاد "معين" إلى شـقته وهاتـف Anthony كعادته اليومية وأخبره بآخر المسـتجدات مع "مريم"، وعندما انتهى من محادثته، لم يسـتطع Anthony أن يخبـره بالحقيقـة كاملـة، كان سـعيداً بـأن "معيـن" أصبح ينبض قلبه بهمسات الحب التي ذهبت به إلى كواكب مجهولة لم يطأها

من قبل، إنه يعيش الآن اكتشافاً جديداً في عالم الحب والعشق، تعوّضه عن خياله الحزين في ساعات السهاد والأرق والألم، فلِما يقضي على آماله.

عاد إلى الكنبة التي يفضلها في غرفة المعيشة واستلقى عليها وأشعل لمبة صغيرة بجانبه، وكان بيده صديقه الوفي وأنيسه المريح، كتابه الذي يتحدث عن واقع الأدب الروسي حتى منتصف القرن العشرين، كان معجباً بالأبعاد الفكرية والفلسفية والتربوية في الرواية الروسية، ولكنه بعد فترة أحس بأن كتابه يتحول إلى صفحات بيضاء، ويطلب منه أن يفرغ ما في جعبته من أفكار فلسفية عن الحب على سطوره، ولكنه يعلم أن فلسفة الحب تميل لدراسة النجوم، بينما تتجاهل كلياً الأرض التي نعيش عليها، لذلك رفض أن يعيش في عدم اليقين، وقال لكتابه "ليكن ذلك متّفقاً عليه" أنا أقرأ وأقرأ فقط لأجل واقع ملموس.

أراد أن يضع توقيعه على الصفحة البيضاء من كتابه، فقام على التو ليتصل "بمريم" ولكن لم يستسغ الشعور بالعجز أمامها، وحسب أنها لا تستحقه فهي تتقبل ذاتها وصريحة في مستوى حواسها الخمسة على عكسه، فهو يسمح للماضي والحاضر أن يحرقا لهيبه البارد ويتبعثرا في طرقات الذاكرة والوقت، يجب أن يمضي في الحياة وإلا غاب عنه بحثه الذاتي لبداية صفحة جديدة من حياته.

البعد يعطي نعمة التفكير الصافي، وهذا ما اكتشفه عند غياب "مريم" عنه، فهو الآن يقرأ في روحها ويلمح نظراتها السارحة التي تخفي قصة غامضة لا يعرفها إلا من دخل إلى أغوارها.

عاد مرة أخرى إلى صفحاته البيضاء مرغماً ومقهوراً وذليلاً، وأراد أن يكمل فقط بداية روايته الجديدة، وتذكر مقولة "فان غوغ" (يجب أن نحس أولاً بما نريد التعبير عنه)، لذلك كتب عن "مريم" وكأنها معه

تحـدّق إليـه، ولكـن بعد فترة تجاوزت أفكاره الكتابة واشـتهاها كامرأة، فظهرت في خياله تطلب منه التوقف.

* * *

كان المقهـى خاليـاً، وكأنـه معبـد هـادئ مخصـص لراحـة النفس والقلب ومعد خصيصاً للقائهما، جلس سارحاً يفكر بما يحب، إنه يحب كتب الفلسـفة، الكتب الدينية ودراسـة الظواهر الروحية (spiritualistic phenomena)، والسـاي ثيتـا (Psi-Theta)، يحـب الجلوس على البحر وحيـداً يفكـر بمـا يحتويه من كنوز وهموم فـي نفس الوقت، ولكن منذ أن ماتت زوجته لم يتمعن في معاني الحياة كالسـابق، كان بارداً كفحم في مخزن مهجور، ثم فجأة اشتعل الفحم والمخزن دفعة واحدة عندما دخلت "مريم" إلى حياته.

أتـت كالفـراش الملـون، كالنحلـة الجميلة التي تريد نشـر عسـلها للآخرين، تصافحا بحرارة وود وكأنهما عاشقين التقيا بعد غياب طويل، جلسا متواجهين، منتبهين إلى عمق المشاعر التي حدثت بينهما، وبحذر خفي تأمل كل منهما ملامح الآخر وكأنه يشاهدها لأول مرة، كانا ينقبان عن مشاعر التشابه في أرواحهما وتجاربهما المشتركة.

كانت هي كشجرة "دم الأخوين" التي يستخرج منها الأدوية، فهي العلاج لتشققات الوحدة ووقف النزيف الداخلي للحزن الذي بداخله.

بدأ يتحدث معها عن حياته وكأنها صفحة بيضاء تحاول أن تمتلئ بعبق الماضي، تحدث عن "فلسطين" وعن عشقه لترابها وتراثها، تكلّم معهـا عـن زوجتـه الراحلة وعن طفولته، أخبرها بحنينه لتلك الأيام التي كانـت بـدون قيـود ولا هموم، والمغلّفة بالبـراءة وطهارة القلب، ولكنها اليوم أصبحت كومة من الأوهام المغلّفة بالقلق والحزن.

طلبـت منـه التحدث أكثر عن زوجتـه وحياته معها، وكأنها تدرس ماضياً تريد أن تعيش بداخله، أشعل سيجارة ونفث دخانها، كما لو أنه

يطلق دفعة من البخار المسموم المحبوس في دمائه، ثم قال لها:

- لا بد أنك تعلمين بساطة السؤال وصعوبة الإجابة عليه، إنها ذكريات غافية في أعماقي) هل دمعت عيناه أمامها؟ أم أن دخان سيجارته هو السبب)، كيف أصف الحزن المنبعث من قلبي عليها، لقد شاركتني الفقر ورحلة البحث عن كاتب مبتدئ، ثم وضعت كل مجهودها لتجعل حياتي أقل قسوة ونجحت في ذلك وأطلقت النور الذي بداخلي فنجحنا معاً، وبدت حياتنا كتاريخ مشترك يوحّدنا في أعماقنا ويزرع بداخلنا بحر حنون وفجر مشرق.

نظرت "مريم" إليه وشهقت معتذرة منه قائلة:

- كم أنا قليلة الذوق لأذكرك بماض أرجع الحزن إلى قلبك.

ابتسم "معين" لها، وقال:

- بل أنا الذي حوّلت إجابتي إلى مأساة.

حاولت أن تغيّر الموضوع فسألته عن روايته الجديدة لأنها تعلم بأن الكاتب يغلق أي موضوع وراءه وينساه إذا سأله أي شخص عن روايته التي يعتبرها فرداً مهماً من أفراد عائلته.

استدرك سؤالها قائلاً:

- لم أنته منها بعد ولا أزال في بداية الفصل الأول.

- عن ماذا تتحدث؟؟

- عن قصة حب كاتب لامرأة غامضة، لقد عدّلت ملامح بطلة الرواية بالأمس.

سألته باستغراب:

- كيف استطعت تعديلها بهذه السرعة؟

- لأن مواصفات المرأة التي أحبها الكاتب والتي كانت ضائعة في مخيلتي وجدتها أمامي وخاطبتها بقلبي وعقلي دون أي عناء.

- وما هي مواصفاتها؟

قال لها ضاحكاً:

- يتعذب الكاتب في وصفها، ولا أبالغ إذا قلت لك إنها سيدة التشويق بكل ما فيه من غموض، بصراحة لم أتمكن من تركها دقيقة واحدة إلا وكتبت عنها وعن جمالها وأسلوبها الفتان.

هي تعلم بأنه يتحدث عنها، لم تسعها الدنيا من الرضا في اختياره لها بطلة لروايته الجديدة، أي ترف كبير هذا تدفّق عليها الآن، كانت تتمايل بنشوة داخل جسدها، كانت لذة هذه اللحظات طاغية، سألته وهي تبتسم:

- ألم تضع لها عنواناً؟

بدون تردد قال لها:

- لا، ولكني بانتظار أن تستمر الأحداث بالتصاعد وتصنع بطلتها اسم الرواية.

سألته مرة أخرى وبأسلوب آخر متصنعة الغباء:

- ومن هي هذه المرأة التي استطاعت أن تثير بداخلك مشاعر الحب من جديد؟

قال بلحظات الخبث القليلة التي يملكها:

- هي امرأة جعلتني أغوص إلى أعماق قلبي وأستخرج منه درراً وجواهر لا تقدّر بثمن كلما شاهدتها، إنها قادرة على أن تقتل من أمامها، بنظرة من عينيها.

كانت منتشية بسماع هذا المديح التي اعتبرته غزلاً صريحاً بها، ومن النوع الراقي جداً والبعيد عن خدش حيائها.

أتت فتاة إلى الطاولة وطلبت منه أن يوقع على إحدى رواياته، فوقّع لها وابتسم.

غاص قلبها، وأحست بأن ثقته الزائدة في معاملة المعجبين تفوح في الهواء، وتصيبها بضيق وتسمم في قلبها، كان شيئاً أكبر من الغيرة،

شيئاً أشبه بالذعر من أن يمضي العمر دون أن يرشها الحظ بحفنة من الحب الصادق، هل هناك انكشارية نسائية متخصصة في علاقات الحب؟ ومن المسؤول عنها؟ وكيف أنشئت؟

قالت وهي ترمقه ببرود: أعتقد أن الحب إخلاص، من المحزن حقاً أن نرى الآخرين وهم يدخلون في مرحلة جنون العظمة ويفرشون ذيلهم كطاووس منتفخين بغرورهم كلما شاهدوا أي فتاة.

تأمل التهاب غضبها وغيرتها، كان يشعر بسعادة من يحتسي الشراب ولا يصيبه الصداع والتعاسة والقرف.

قدّم لها بعض السكر لقهوتها، وأعطاها لها ليلامس يدها، كان منتشياً بهذه الملامسة وسعيداً بها، إنه يمتلئ بلذة خفية لا يعرفها إلا خبراء الحب.

- لقد كنت مخلصاً لزوجتي حتى مماتها لحبي الشديد لها، وأعظم شيء في الوجود أن يتابع الإنسان حياته وقلبه مخلص للشجرة التي أظلّت عليه بحبها، ويشم رائحة الوفاء من خلال أوراقها وجذورها.
- هل هذا معقول؟!! ألم تتعرف على أي فتاة بعد وفاة زوجتك إلى الآن؟؟!! في روايتك الأخيرة جعلت البطل "دون جوان" متحرك، ولم يكن لديه أي شعور عاطفي، بل رغبة مقززة تبعث الشفقة بسبب حماسه واقتناعها أن كل نساء العالم سيقعن في شباكه.
- الكتابة شيء، والواقع شيء آخر.
- كل الكتاب يقولون هذا الكلام، ثم كيف تكتب عن قصة حب وأنت لم تغرم بامرأة؟
- هل نسيت زوجتي!! إنها توشوشني كل يوم، أسمع صدى صوتها في قلبي، وأسبح في خلجانه، وأراقص أمواجه، وفي بعض الأحيان أكره كتاباتي التي تكتب عن امرأة أخرى غيرها، وأتمنى زوالها، وأحسب أنها تستنفذ من أعصابي ونظري وقواي، كثور خار يتلقى طعنات

قاتلة لإنهاء طريق الآلام والعذاب الذي يعيشه، ولكن في نهاية المطاف عاد الحب مرة أخرى يتسلل إلى عقلي ويطلب منه الهدوء والتمعن، وتقبّل البدء من جديد مع الاحتفاظ بالذكريات السابقة الجميلة.

رفعت رأسها إلى السقف، ثمة مروحة خفيفة تدور ببطء، حاولت أن تدور معها بعقلها لتنسى كلامه عن زوجته، ولكنها فقدت السيطرة على المواصلة، وأحست بعجز شديد ينسل إلى رأسها كثيفاً وبارداً، وكأنها في كهف أزلي أصابه زلزال فحطم معالمه النادرة والمخفية منذ زمن.

مدت يدها إلى الأعلى لتنادي النادلة على فجأة، إنها تريد التمرد على حبه القديم الذي يغوص في دمائه إلى الآن، لقد سلب هذا الحب جزءاً من سعادتها في هذه اللحظة ودفن أنوثتها، كانت تغار عليه حتى من الهواء، وتتمنى من العالم أن يخصص لهما قطعة من أرض المريخ لا يوجد عليها أي مخلوق إلا هي وهو فقط.

شاهد توتر أعصابها، وأخبرها بأنه يريد منها الذهاب معه إلى والده للتعرف عليه.

خفت حدة غضبها، وشعرت بسعادة وشوق للتعرف على عائلته، وأخرجت النقود لتدفع الفاتورة وقالت له:

- هيا بنا لنذهب إلى والدك.

رفض أن تدفع أي شيء، وبغضب واضح على وجهه حذرها أن تفعل ذلك في المرات المقبلة، إنه رجل شرقي ويرفض أن تكون المرأة هي من تصرف عليه.

استقبلهما والد "معين" بيديه المجعدتين وعصاه الطويلة، كان كل شيء فيه عجوزاً خلا عينيه، وكان لونهما مثل لون البحر، كانتا مبتهجتين باسلتين.

قـدّم لهـا عصيراً بارداً وأجلسـها على كرسـي داخـل محله المليء بالأجبـان والألبـان، والبهارات العربية، وقام وقدّم لها عدة سندويشـات من الزعتر الفلسطيني الطازج واللبنة الأردنية، إنها ألذ سندويشات ذاقتها في حياتها وأفضل من أي مطعم عالمي ذهبت إليه.

نظـر والـد "معيـن" إلـى عينيها وأخبرها بصراحتـه المعهودة قصته قائلاً:

- فـي حـرب 1948م والتـي نسـميها النكبـة، هاجرنا مـن القدس بعد أن أجبرنـا علـى الرحيـل مـن أراضينا من قبل الإسـرائيليين، وعندما وصلنـا "إلـى لنـدن" لم يجد أبي سـوى عدد قليل مـن أهالي بلدنا، ومعظمهـم كانـوا رجـالاً عزابـاً ممن كانـوا يدرسـون أو يعملون في بريطانيـا، وفتـح أبي هذا الدكان الخاص بالبضائع العربية وخصوصاً الفلسـطينية، وسـرعان ما أصبحت الجالية العربية جميعها تأتي إلى هذا المحل لاشتياقها للأكل العربي، لقد عملت في هذا المحل منذ الصغر، وكنت أشـاهد أمي وهي تبكي يومياً بسـبب هجرتنا القسـرية إلى بريطانيا، ولم تكن تذيع سراً حين تعبّر عن استيائها من وجودنا هنا، كانت في القدس لا تكون وحيدة ولو للحظة واحدة، هناك تجد عائلتها حولها طوال الوقت، فقدت كل ما من شأنه أن يجعل الحياة بالنسـبة إليها سـعيدة، وتسـتحق العناء، لقد تمزق النسيج الحريري الذي يغطيها ولم تسـتطع أن تتعايش أبداً مع تلك الخسـارة، أو أن تقبـل بهـا، وتوفيت بعد سـنتين فقط مـن رحيلنا عن القدس، رافضة لـكل مظاهـر الحيـاة في إنكلترا، وتوفي والدي بعدها بسـنوات وهو يتمنى أن يشم رائحة التراب الفلسطيني وبقلبه حسرة وألم شديد.

أضاف "معين" إلى قصة والده الظروف التي مروا عليها فيما بعد قائلاً:

- تـزوج أبـي مـن امـرأة إنجليزية هـي والدتي والتي توفيت منذ عشـر

سنين، وكنت أحس بغربة بداخلي، فهل أنا عربي أم إنجليزي أم هجيناً من هذا وذاك، بينما هيمن الجانب الإنكليزي عليّ بسهولة بسبب الحياة هنا، ولكن كان الجانب العربي مسيطراً على عقلي، بحيث لم أكن قادراً على نسيان الطرد من وطني، والظلم الذي لحق بعائلتي بسبب الاستيطان الجائر، فلو أن إسرائيل ظلت مسالمة ضمن الحدود التي احتلتها عام 1948م ولم تشن الاعتداءات على جيرانها، ولو أنها حاولت بدلاً من ذلك خلق صداقات معهم، لربما كنا نحن المنفيين الذين نزحوا بعيداً جداً عن أرضهم، توقفنا ولو قليلاً عن كرهم.

لقد فزعت عصافير الشارع جميعها وانطلقت إلى الطبيعة وهي تصرخ بدلاً من تغريدها المميز، وذلك عندما شاهدها وهي تقوم من مكانها على غفلة.

قالت له بوجه مليء بالانفعالات:

- آسفة تأخر الوقت يجب أن أعود.

ودّعها وطلب مقابلتها ثانية في المقهى وفي نفس الوقت.

تحجّر صوتها وبحزن واضح قالت:

- سأحاول.

(فكّر قليلاً مع نفسه وقال ما الذي حدث لها؟؟ إنه لم يقل كلمة واحدة تغضبها، ولكن المرأة هي المرأة بهرمونها المرتفع والمنخفض بنفس الوقت، وعاطفتها التي تهرب منها كل يوم في زاوية من زوايا الحياة).

* * *

لأول مرة تعود إلى شقتها الفخمة والتي يحلم بها الكثير، ولكنها تجدها مظلمة جداً، والأسوأ من ذلك أن لوحة "مارك شاجال" المعلّقة على جدرانها أصابتها بطابع شديد من الحزن، وذلك بعد أن كانت كل

الشخوص في هذه اللوحة كتلاً حالمة لها، ومنصهرة بالتفاؤل وتنقل لها الشعور بالبهجة والتفاؤل وذلك بسبب الألوان الحية والزاهية في هذه اللوحة.

لقد سكن العالم فجأة، انتفض جسدها ثم هدأ وسط إطباق الظلام في ليلة رطبة بلا قمر أو نجوم، قاومت الرغبة في النوم لتفكّر قليلاً في كلامه وكلام والده اللذين جلبا الحزن إلى عقلها، لقد ملت الدوران في دوائر مفرغة تفضي إلى لا شيء، وكان إحساسها بضرورة مواجهة هذا الحب والبدء بورقة بيضاء صافية ممزوجة بالتحدي، وإخباره بأنها يهودية تعيش في لندن منذ طفولتها ولم تفكر ولو للحظة بالعودة إلى فلسطين، فهي حرة وهم أحرار بأراضيهم، وهي معه بأنه ليس لليهود الحق في استيطان فلسطين، بل عليهم أن يسعوا إلى كسب قلوب العرب والعيش معهم بسلام، فالله نفسه خلق كلا القلبين العربي واليهود من طين واحدة، ولم يطلب منهما زرع الكره والعداوة والحقد فيما بينهما، إن نداء حكومتها من أجل الوطن القومي لليهود في فلسطين لا يستهويها كثيراً، فاليهود المولودون في بريطانيا بريطانيون بالدقة تماماً ولا يوجد أي عنصرية بحقهم، فلماذا لا يتشبهون بشعوب الأرض الأخرى ويتخذون وطناً لهم بذلك البلد الذي يولدون فيه ويسترزقون.

لقد عانوا من قبل من اضطهاد الشعوب لهم فلماذا يفعلون ذلك مع العرب، لماذا لا يتعظون من نهاية كل ديكتاتور كهتلر وغيره.

لقد كان لليهود دورهم الفعال في إغناء الأدب والفن والموسيقى والمسرح والعلم والطب والزراعة في جميع أنحاء العالم، فبالعزيمة يستطيع أي شخص يصل إلى مبتغاه، وهذا ما فعلته هي في عملها ورفضت أن يتعالى عليها أي شخص لكونها يهودية واستقطبت انتباه الجميع واحترامهم بعملها الدؤوب والمثابر.

اتصلت صديقتها "MIA"، كانت تعلم بأن اتصالها لم يكن

مصادفة، بل محاصرة لئيمة منها لمعرفة آخر الأحداث.

كانت تتحدث معها بغزارة عن "معين" وتخرج من عقلها كومة الأحاسيس الملقاة فيه.

فجأة قاطعتها وتقمّصها الإحساس بالكارثة وقالت لها:

- هل أخبرتيه عن ماضيك؟؟

أحست بالاختناق وأصابتها كومة من مشاعر الوهن والكآبة، كما لو أن "MIA" مصرة على نفيها من الحياة وإشعارها بكل المقاييس والمعايير المتعارف عليها، بأن لا تدخل في معترك الحب مرة أخرى.

في هذه اللحظة، كانت الأشجار الخضراء الصغيرة التي تعشقها ذات زهور ذابلة وشجرة الياسمين بلا رائحة، وذهبت شجرة البرتقال بطعمها الحلو وبقيت شجرة الليمون بطعمها المر.

إنها صورة يائسة لمحاولة حب صادق معرّض للفشل، هي تعلم بأن الوقت قد حان لتخبره عن حياتها، ولكنها لا تريد لمراكب الأمل أن تغرق بها وترميها إلى أعماق سوداء وكئيبة.

لقد انغمست في حياة شديدة الأنانية، كانت كمن يركض جرياً بأقصى سرعته، ولا يستمتع بمناظر الطبيعة من حوله، ستتوقف الآن لتنظر من حولها وتتمعن بوجوه جديدة، وعلى رأسها "معين"، الذي سيسكب من روحها غمائم علمه، فرحه، حزنه، رفضه، تسامحه، وأياديه البيضاء الموقّعة على أوراق رواياته.

الفصل الخامس

....

نقاط الذكريات

(المرأة إذا أحبت رجلاً بإخلاص، فحبها لن ينزع من قلبها إلا بموتها أو بخيانته لها)

عاد إليها ماضيها بعد مكالمة "MIA" لها، لقد مرت بتجارب ومواقف سلبية كثيرة، ولكنها ساعدتها في أن تصبح حياتها عبارة عن عناوين رئيسية دون الخوض في تفاصيلها.

تربت في بيت مرتبك، كان والدها لا يمارس سوى عملاً واحداً (البحث عن المزيد من المال)، ومع ذلك كانت تحبه بجنون، لم تتعلم أن يهتم بها أهلها، ولا أن يهتم بها الآخرون، وأفضى بها هذا التفكير الضيق إلى قاع معتم.

وسط عالم المال المزيّف بالمشاعر، كان زوجها الأول من أكبر الشخصيات في المجتمع، وتوّج هذا الزواج لحظات متناثرة من الفرح الغامر لوالدها وإخوانها الذين أصبحوا يملكون الثروة والمنصب من خلالها.

أصبحت وظيفة زوجها الوحيدة هي أن تكون محظية له ولرغباته، ونسي معنى العشق وكلمات الحب التي تجعل أي امرأة تذوب في زوجها، ولكنها لم تملك إلا أن تستجيب له، وانكسر قلبها، كان يغيب عنها بالأسابيع ويعود بشهوة القطار المندفع في طريقه المرسوم.

كانت تعلم بأنه يخونها في سفراته الكثيرة، وتغاضت عما يفعله

لأن النور المتدلي بالارتباط به، والنظر صوب النجوم والثراء كان حلمها منذ الصغر.

مع الأيام أصبحت لا تميّز الألوان، وفقدت حبها لتفاصيل الأشياء، أصبحت تعمل في التجارة لكي تكتسب الخبرة والارتباط بالحياة بعد غيابه عنها بالشهور، كانعكاس اندفاعي لحجر صغير صامت يبحث عن صخرة ضخمة لينضم إليها ليصبح أقوى.

ليس شرطاً أن من يملك مالاً يكون تعيساً، ولكن زيادته هي التي تؤلم، وهي من اختارت أن تعيش في هذا العالم المزخرف بالثراء، ونسيان جذورها كامرأة لها مشاعرها.

أصبحت تسأل نفسها طوال الوقت "هل حياتي كاملة وجميلة"؟؟! هل وجب علي أن لا أنجب بناء على طلبه؟! هل أستمر بلعب دور الزوجة السعيدة مع زوج خائن وبعيد عن الرومانسية مدى الحياة؟!

ثم قررت الطلاق، لم يعد هناك ما يهمها، أرادت رجلاً يعشقها ويهيم بها، أرادت عودة "قوس قزح" وألوانه إلى حياتها.

رفض في البداية طلبها، ولكنه مع مرور الأيام أصبح ينال غايته منها بلا دفء ولا عاطفة ولا مودة حتى قرف منها ومن عنادها.

تصالحت مع نفسها، واستعادت جزءاً من حريتها بعد أن طلّقها، ولكن كان القفص في مكانه، نافذته مفتوحة، ولكن على جوانبه ألغام شائكة.

كانت تعلم بأنها ستعيش بلقب زوجة فلان السابقة صاحب المنصب المهم والخطير في مجتمعها، وأن الذي سيتقدم لها يجب أن يكون بنفس مستوى زوجها السابق بالمركز والثروة حتى لا يطمع بها.

بدأت من جديد، كيف يمكنها أن تقبل وضعاً تكون فيه الخاسر الوحيد، لذلك قررت أن تصمت مرة أخرى عن زواج الحب لكي تعيش رفاهية المال، فرضخت بعد ذلك لزوج ثري وعجوز، سهّل لها أمورها

التجارية وتوفي بعد زواجهما بسنتين.

نظرت إلى المرآة، لم تتحدث مع نفسها منذ زمن طويل، كأنها نسيت لغة الحب التي بداخل هذه النفس.

كل يوم تصحو وترى نفسها وحيدة، مقهورة، مكسورة الجناحين، فكيف تطير بهما إلى سماء العشق، وهي لا تزال ترضع من مرارة الحب.

أين هي الآن من عائلتها، لقد توفي والدها وتركها وحيدة، تعيش في ثراء خانق ومظلم، بانتظار أن تبدأ رحلة إلى المجهول، لا تعرف لها بداية أو نهاية، ولا تعرف ما سيكون من أمرها إن هي انتهت منها.

* * *

عادت إليه كما تعود النبتة الصحراوية إلى الحياة من زخات مطر خفيفة، أصبح يراها يومياً، ولكنه لا يشبع منها، وكأنها الماء النقي الذي لا يعيش بدونه، هل عندما يتقدم العمر بالإنسان يصبح همه أن يتمسك بمشاعره بقوة حتى لا تفر من أمامه؟! أم أن مشاعره تسيطر عليه وتجعله نبعاً صافياً يخرج ما في قلبه بدون أي إضافات مزيفة.

إن طريق الكتابة الذي اختاره في مشواره كطريق الحب ليس بالمعبد أبداً، بل تتخلله حجارة من قلق وحيرة وترقّب لمعرفة نهاية الدرب، ها هو يمشي بخطواته المليئة بالأمل إلى مقعده بانتظارها، فكّر بأنه لا يزال يعيش بهمومه، ويبحث عن علاج لقسوة الوحدة بعد وفاة زوجته، وربما تكون "مريم" هي العلاج الشافي له من رحلة الإعياء وآثار الضغوط النفسية المحيطة به بعد رحيلها.

كلما شاهد خياله على فنجان القهوة تذكّر جزءاً من ماضيه وأحس أن كل ركن في عقله يخبره كم هو مخذول ومحبط، أغمض عينيه، استمع لأغنية Can’t help falling in love with you لـ ألفيس بريسلي،

حرّك فيه الصوت أشجاناً، وانفلتت صور من حياته من ذاكرته، فقد بذل والده كل ما يملك من مال وجهد لكي يتخرج من أرقى الجامعات، واستطاع هو بعد تخرّجه أن يكمل الدراسات العليا لتحسين عقله ولمعرفة روح العلاقات العامة للبشر، ولكنه لم يحب عمله الروتيني أبداً، فهو طير حر مهيأ للكتابة فقط ولا شيء غيرها، وبعد فترة هرب من عمله واستقال وأصبحت الكتابة جل همه.

كانت العلاقات بين البشر في تدهور مستمر، كيف أصبحت القلوب تتصلب وتصبح أشد من الحجارة، فهو أصيب بالكثير من خيبة الأمل في بعض الناس الذين تركوا انطباعاً بصقيع الحياة، كان بداخله يتسول دفئاً بشرياً أصبح عملة نادرة في هذا الزمن.

كان زواجه تقليدياً بكل ما تعنيه الكلمة، خطبة ثم زواج دون أدنى معرفة بالشخصية، ومع ذلك كان ناجحاً لأنه كان قائماً على تفاهم سحري بين روح وروح وقلب وقلب.

في "لندن" عاش مع زوجته الفلسطينية كل التقاليد الجميلة والمحافظة، أحبها وجعلها صديقة أكثر من زوجة تشاركه اهتماماته وهواياته وأحلامه وكذلك فشله وإحباطه، كانت محل ثقة ويمكن الاعتماد عليها في كل الأمور، كان يتمنى أن يقضي معها كل حياته ولكن أتى هادم اللذات ومفرّق الجماعات وخطفها منه.

لا تزال آثارها في قلبه إلى الآن، فستانها المطرز بالنقوش الفلسطينية الملونة، رحيق عطرها الذي أبى أن يموت في مخدتها، قميص نومها المعلق على علاقة داخل خزانتها، شنطتها الصغيرة وبها ذكريات خروجها إلى الأسواق وإلى صديقاتها وأهلها، ترك كل شيء كما هو وكأنه في متحف للذكريات يتفرج من خلاله على نورها الوضاء، في أيام كثيرة كان يضم غطائها ويحضنه والأسى يسكن قلبه، وتظهر بداخله ظلمة وبرد يتبعها صقيع بارد كريه وتختفي الألوان،

ويظهر سواد ما بعده سواد.

رشف الشاي، محاولاً تدفئة قلبه الذي كان يوماً عامراً بالعشق وأصبح مأوى ليتيم فقد الحنان على كِبر.

شعر بأن دفء الشمس الذي يحيط به هو جمرة مشتعلة لامرأة ظهرت حديثاً في حياته، ترتعش في حضرته، ويكبح جماح الهوى والشوق أمامها، يجب أن يصارع نفسه للبوح لها بحبه، ويتغلب على عقله في مواجهة هذا الهوى العنيف.

* * *

حضرت أخيراً بجمالها المبهر ولون شفاهها المثير، جلست بجواره تفكّر بكل حيل الأنثى لاقتحام أسوار الرجولة المحصنة.

بدا يتكلم معها عن رواياته القديمة، هي تنصت إليه بعقل شارد وابتسامات تائهة، لقد وقعت أخيراً في حبه وكلما ابتعدت عنه شعرت بالعواصف تنهش قلبها، ثم تساءلت بغرور: هل هو مفتون بي؟!!

أحست أن من واجبها أن تنقد رواياته لكي تدفعه مرة أخرى إلى العشق الخفي، لقد قرأتها جميعاً وحفظت شخصياتها عن ظهر قلب لحبها الشديد له، فقالت:

- لقد انبهرت بروايتك (ربيع عربي مزدهر بالدماء)، حيث جعلت تركيز الأحداث على شخصية "ثائر" ليقدم نضال شعب بأكمله، ولكن جعلته منذ اندلاع الثورة وحتى نهايتها، لا ينال أي نتائج ملموسة يستطيع من خلالها أن يقول إنه قد حقق أهدافه، لقد حطمت الآمال والأحلام التي نشدها الثوار.

فجأة، انقشعت غمامة من أمام نظره، وبدت له رائعة وهي تشحذ أعصابه وأفكاره ليخوض معها معركة الحب، رد عليها بنبرة صوت كاتب عطوف ومفتون بقارئة يعشقها بجنون:

- في هذه الرواية ابتعدت عن قصص الحب والمثالية، والتفت قليلاً

إلـى ثـورات المجتمع والمشـكلات السياسـية الأخـرى من خلال بطـل بعينـه يمثـل الصـدق والثقـة وعودة معانـي الأصالـة العربية، ولكـن أصابـه الغـرور بعد نجـاح ثورته الغير متوقع وبـدأ بالظهور على الفضائيات وصفحات الجرائد بمظهر القائد والبطل، وسـيطر السياسيون القدامى ورجال الأعمال عليه واستغلوه لركوب الثورة، وفي النهاية وجد ثورته لم تأت بنتائجها المتوقعة، بل وجد تدهوراً واضحاً في الاقتصاد والحياة والأخلاق، وفي نهاية الرواية عاد مرة أخـرى لبـدء ثورة صادقة وخالية من المصلحة على نفسـه وأفكاره وأخلاقه.

أحس بأنه لا يريد أن يمدح أبطال روايته أكثر من ذلك، وأنه يغار منهم عليها، ثم سـألها عن برجها ليخرج من عالمه، ويعود إلى عالمها الجميل.

- غريبة لم أتوقع أن تقرأ الأبراج وأن تقتنع بها... برجي هو "العذراء".
- وهل أنا كائن من عالم آخر!! أنا أقرأ كل ما يخطر ببالك من أجل المعرفة، وأفضّل كل ما يعشـقه الشـباب لأتعلم منهم وأسـتفيد من أفكارهم في كتابة أحداث رواياتي.

أخرج الجريدة التي أمامه وقرأ منها...

(يقـول برجـك يـا "مريـم": لا تتأخر في اسـتعمال كل ما قدر لك من جاذبية وجمال للتأثير على من تريد، وفي حال أنك تصرفت بصمت مشاعرك، فإنك لن تتمكن من زلزلة الشخص الذي أمامك).

ضحكت بدلال وقالت له:

- وأنت أيها الكاتب العظيم ما هو برجك، وما الذي يخبرك به اليوم؟؟.

أجابها بدهاء:

- برجي هو "الجدي" وكما تعلمين فإن برج "العذراء" ينسـجم جيداً مع "الجدي"...

(يقـول برجـي: منـذ أن غـادرت معشـوقتك وأنـت تحـاول أن تلملـم أشـلاءك، شـيء غريـب أصابـك، حالة مـن هدوء الحـزن والصمت والكآبـة، وسـوف تسـتمر معـك قبـل أن تأخذ الحيـاة دورتها وتعود لرؤيتها مرة أخرى).

كان أسـلوبه في العشـق جميلاً وملفتاً بخداعه اللذيذ الذي تحوّل إلى جزء من ملامح رجل عاشق، شرقي وكتوم، فهي تعلم بأن موضوع الأبراج من خياله الجميل، أصبحت الآن سابحة في محيطه وهالكة إن لم تخبره بتفاصيل حياتها.

أخـرج سـيجارته التـي كانت بطعم النعناع، ثـم ضرب على جبهته متذكراً بأنه لم يقدم لها أي مشروب.

- أرجو أن تعذريني... ماذا تشربين؟
- أرغب أن أشرب "نيهونشو".
- ما شكله، ما لونه، أهو بسيط، أم معقد، وهل يتطلب أن أذهب إلى آخر الدنيا لإحضاره.

ابتسمت بشعاع على كلامه المضحك وقالت:

- إنـه مشـروب يابانـي مكوناتـه الأرز الذي يرمز إلـى الأرض العريقة والماء الذي يرمز إلى الصفاء.
- هيـا بنـا، مـع أنـي أفضـل قهوتـي التي ترمـز إلى رائحة العشـق في الأثير.

ابتسمت له وقالت:

- هيا اتبعني، إنه بالقرب من مقهانا، سـوف أعزمك هذه المرة، أرجو أن تقبـل هـذه الدعـوة من امـرأة تعلقت برجل أعاد معنى الحياة إلى قلبها.

لـم يناقشـها هـذه المـرة ووافـق على طلبهـا، وكعادته فـي الأمور المسـتعجلة التـي تصيـب عقل الكاتب بشـحنات الرحيـل، وضع أوراقه

وكتبه مع النادلة "سيتا" التي أصبحت مع الأيام مديرة لأعماله الصغيرة وتقدم خدماتها مجاناً لعشقها الجنوني للكتب والكاتبين.

مشت بجانبه، إلى حيث أرادت أن تأخذه، أسرعت قليلاً ولكن المسافة بينهم بقيت ثابتة وكأن العشق جمعهما بخطى واحدة.

ما هذا المطعم الفخم؟ لماذا لم يلاحظه من قبل؟؟ كان جميع رواد المطعم بملابسهم الفخمة ينظرون إليهما، ثم أتى عدد من المضيفين إلى "مريم" وتبعوها كظلها ودلوها إلى مكانها.

لقد كشفت كل شيء له الآن، وأزالت ترسباتها الماضية، يجب أن يعرف من هي سيدة الأعمال "مريم" الثرية قبل أن يصبح مهزوماً ومخدوعاً بها.

جلست إلى الطاولة الكبيرة والتي تتسع لعشرة أشخاص والمحجوزة لها وله فقط، كانت أنواع مختلفة من السوشي والساشيمي التي لم ير مثلها من قبل متوزعة على جميع أنحاء الطاولة.

ها هي الدهشة عادت من جديد، بدا الشعور بالاختلاف يحيط به ويخنقه، وقوة خفية تطلب منه الابتعاد والخروج من هذا التزييف المؤلم لأعصابه.

كانت كفراشة منجذبة نحو النور وستحرق من معها لو وافقوا على الذهاب معها إلى هذه الهاوية.

إنها البداية فقط، ها هي جزيرته التي تحتوي على شاطئ أبيض صاف ورمل تتحول إلى جزيرة مليئة بالحصى وتحوم حولها الغربان.

جاء النادل وقال لها:

- لقد أسعدتينا بحضورك، ماذا تطلبين الليلة؟

سألت "معين" برقة مطعمة بالقلق إن كان يرغب بتجربة هذا الشراب.

أجابها بمزيج من الغيظ والانفعال: لا.

رجع صدى كلمة "لا" قوياً، وبعد ذلك فقدت كل قواها، وتهالكت على الكرسي.

حل صمت ثقيل بينهما، أخجلها صمته الذي أشعرها بتأنيب ضمير لإخفائها ثرائها الفاحش.

على فجأة قررت بأن تعترف له بكل شـيء، عن جنسـيتها، وكيف امتلكت كل هذه الثروة.

الفصل السادس

....

نقاط المسامحة

(تصبغ المرأة شعرها لتخفي بياض الأيام، ولكنها لا تستطيع صبغ حبها من شعاع رجل يحبها بصدق)

كانت تخبط بأرجلها في طرف الطاولة بحركة انفعالية واضحة، وتبذل مجهوداً لخلق حوار مقنع بينهما، ثم هدأت قليلاً وقالت:

- أريد أن أحكي عن حياتي، عن بدايتي الجديدة معك، عني أنا كإنسانة يهودية، و..

أوقفها عن الكلام وهو منفعل بوجهه الشديد الاحمرار قائلاً:

- يهودية، وثرية، ماذا تخبئين أيضاً عني؟؟

ردت عليه والدموع تتراقص أطيافها داخل بؤبؤ عينيها وكأن دموعها لم تكن موجودة أصلاً إلا عندما أحبته بصدق:

- لأول مرة أتحدث عن قصتي النائمة في غبار الماضي، ولا أعرف كيف أجمع خيوطها، كنت امرأة تهتم بالوصولية إلى غايتي واستفدت من زوجي الراحل بالمال والشهرة، أهديته شبابي وجسمي الذي أدخل السرور إلى قلبه، والتعاسة والمال إلى حياتي.
- لماذا وضعت حاجزاً بيننا من قبل ولم تخبريني عن جنسيتك وعن حياتك الحقيقية بعد كل هذه اللقاءات؟
- خانتني الشجاعة، ولنقل كرامتي منعتني من البوح لك بأسرار ماضيها.

فتح عينيه بعد أن كانتا مغمضتين بالكوابيس التي دخلت عقله،

كانت أمانيه ومخاوفه تتجادل مع بعضها البعض في غفوة منه وتصبح وحيدة في مهب الريح، كيف لفلسطيني أن يفكر في يهودية ويحبها، إلاَّ أن يكون مجنوناً! ثم حتى ولو صدّق بأن ما حدث حدث رغماً عنهما، فكيف ينسى بأنها من سلالة اليهود الذين طردوهم من أراضيهم؟ وكيف سيكون ردة فعل والده وأخيه على هذه العلاقة؟؟ ولكنه المخطئ منذ البداية لأنه لم يسألها عن جنسيتها لاعتقاده بأنها عربية بسبب اسمها، وقف والحزن ظاهر على وجهه وقال لها:

- هيا نعود إلى قهوتنا، لا أريد أن أبقى لثانية واحدة في هذا المكان.

عادا معاً إلى مقهاهما المزخرفة بتناقض العشاق، أتاها صوته متعباً وقال لها من غير حرج:

- كل ما حصل بشأن جنسيتك لم يعكر روحي، بل انزلق كمادة مزعجة في عقلي وخرج منها سريعاً دون أن يسمم قلبي، ولكن إخفائك لثرائك أصاب عشقي في مقتل، وكأن علاقتنا قائمة على مصلحة المال فقط.

رأت مدى المسامحة في صوته فقالت له:

- أرجوك لا أشعر الآن بيدي، بنبضي، بحياتي، لقد أصبحت في عالم "اللاشيء"، سامحني على ظني بك وإخفاء حقيقتي، ولكن الحياة ظلمتني وظلمتها.

أصبح ساهماً، يحلّق كطير العنقاء في عالم خيالي مزخرف بالويلات، يطير نحو المجهول إلى ماض "ألف ليلة وليلة" ويرى بأم عينه عقاب "شهريار" لجميع النساء، بسبب خيانة زوجته له.

بعدها بثوان عاد من رحلته السحرية، ثم نظر إلى عيونها ولم يرد عليها، فقالت له بصوت الأنثى الناعم والذي يسحر الألباب وكأنها تعزف على قلبه نغماً أو معزوفة موسيقية بإنشاد ملائكي:

- زدني من صمتك، فعروقي تحتمل المزيد من الدماء السوداء.

كما الصياد البارع أمسك بمشاعرها، أصبحت تتأرجح على صنارته وقلبها ما زال معلّقاً بخطافه وقال لها:

- أيتها الثرية، لم أعد أريد أن تكون علاقتنا عبارة عن مغامرة كاذبة، أريد الصدق في كل ما يدور من حولي.

كانت تصغي إليه دون كلام، كان السقف يدنو منها حتى يكاد يطبق على أنفاسها، أنوثتها الخجولة تهمس بشوقٍ تحثه على معاودة الدنو منها.

نظر إلى وجهها الذابل المليء بنظرات حيرة تلفحها غلالة من الخجل، ووهن واضح يتسرب إلى عروقها النافرة، وقال لها:

- هل تستوعبين مدى السعادة في معرفة شخص لذاته فقط دون النظر إلى صفاته الزائلة؟ اقبلي بنفسك كما أنت، مشكلتك هي الخوف من الصراحة.

افتقرت إلى الشجاعة بالرد عليه، وإلى بعد النظر في علاقتها معه، لماذا تشعر بالخوف الآن؟!!، وكأنها المرة الأخيرة التي ستراه فيها، لقد أحبت رجلاً لا يريد منها مالاً ولا مصلحة، فقط يريد حبها، أدركت الآن كم تحبه، حين يصير ألم الفراق لذة للعاشقين فهذا هو العذاب بعينه، في هذا الوقت ودت أن يحضنها، ويطير بها إلى روحها المتعلقة بتعويذة على عتبة صدرها الموصد والذي فك سحره بكلماته.

عندما يكون الرجل العاشق التهديد والغضب في نبرات صوته، نسمع في صوت المرأة العاشقة النعومة والرقة لتمتص هذا الشعاع الفاتك، فقالت له:

- سامحني إن كنت سبباً في إزعاجك، سامحني إن تألم قلبك بسببي، ليس بيدي أن أنام ليلي وأرتاح وأنت غاضب عليّ، أرجو أن تعلم أن العالم قد أنزل الستار أمامي، ليس بإمكاني أن أحرم عينيّ من لقياك، أرجوك دعنا نلتقي غداً بمقهانا ونتصافى بهدوء.

قال بلهجة اجتهد أن تكون صادقة وحاسمة:

- أراك حينما تكونين حرة وصادقة في عقلك وقلبك.

أصابها دوار خفيف عصف برأسها، أهو بسبب كلامه أو الخيبة المتوقعة من هذه المصارحة، غريب هذا الرجل، تركها مع كلمات جديدة تفك ألغازها لوحدها.

قالت بقناع إغريقي مزيّف:

- كما تشاء.

غادرت المكان وهدّها الإعياء من كلامه القاسي، كانت تجرجر وراءها حزناً هائلاً يترك في فمها مرارة العلقم.

اتصلت بسائقها، الذي أحضر بسيارتها أمام المقهى آملة أن لا يكون هذا اللقاء الأخير بينهما وذلك بعد أن عرفت طاقته الخلاقة في معاقبة الحبيب، كيف أحبته لهذه الدرجة وكيف ستعيش بدونه؟؟!!

عادت إلى شقتها، ورمت بنفسها فوق سريرها الموحش مصدومة، متوترة، ضائعة، بداخلها مزيج مسمم بالأحاسيس وكتلة من الانفعالات التي من الممكن أن تنفجر في أي وقت، نامت وهي تردد باسمه همساً، تفكر بكل كلمة قالها، وكأنها ترنيمة حزينة تقفز بجنون داخل خلايا جسمها.

في الصباح الباكر تلقت اتصالاً منه أنقذها من الارتباك الأليم الذي عاشته طوال الليل، كانت تتأمل سماعة الهاتف وتتمنى أن يخرج منها كنسائم الصباح العذبة، ويجعل المسافة الشائكة التي حطمتها بالأمس متلاشية، ثم يلمسها، يعانقها، تمتنع عنه في حياء ثم تستسلم لجموحه بالكامل، خيالات متلاحقة تهفو نحوه كزهور فواحة الرائحة، إنها بانتظار قوله لتصحو من أحلامها الجميلة أو أعظم كوابيسها في الحياة في حال أنهى علاقته بها.

قال لها وبنبرة مليئة بالعتاب مستغرباً من خذلان شوقه لها الذي

كان طوال الليل يحثه على معاودة التقرّب منها:

- أريد أن أراك بقلبي الذي وضع نظاماً عسكرياً مستبداً بعدم السماح لأي مخلوق باختراقه دون إذن منه، ولكنه تراجع عن هذا القرار مقابل صدق مشاعرك الذي رأيته من خلال عيونك، فبعدك عني ليس له أي داع، وما يحصل لي فوق المستطاع.

سمعت صوته فتذكرت صفحة وجهه الجميلة، شعرات الشيب الخفيفة على أطراف سوالفه، قميصه الأبيض القطني مع بنطلون الجينز، ولكن عقلها وقلبها سخرا منها، فصوته المليء بالعتاب لا يلمحان إلى أي مبادرة غزلية، يا لجنس الرجال يرفضون الاعتراف ببداية جديدة، كانت فكرة رحيله عنها تعني الموت، وبحماس ذابل يخفي من خلفه لهفة وشوق، قالت له:

- والآن، ماذا؟ اشتقت لكي تكون كاتباً كبيراً تعود إلى زوايا العشق وتسكن فيه.

- إنها فطرة الرجل الشرقي، جوع العشاق، النوم في العراء، الثورة، لا أريد أن أتذكر ما فعلت، أنت امتدادي في الحب، ولا أريد أن أرى نفسي في مكان الكاتب الإنجليزي "كريستوفر مارلو" الذي مات من أجل فاتورة.

- وهل أنا فاتورة لعشقك؟

- نعم وأضخم فاتورة دفعتها في حياتي.

- ما معنى أن يكون كل شيء مستقراً في حياتنا، كيف سينمو الحب في قلوبنا إن لم نسحق ونتألم، نموت ونحيا من جديد، ما معنى أن تكون غير قادر على الإحساس بي وبجوهري.

سكت قليلاً وأرسل لها دفقات من الحب على شكل دفعات متواصلة من هوى العشاق أنعشت الهواء الرطب الذي تعيش بداخله.

- أنت حرة، حرة، أنت لست آلة لنسج الثياب الفخمة وبناء القصور،

أنت ألماستي التي أريد أن تكون لي وحدي فقط.

- ها أنت أخيراً يا كاتبي الرهيف تعود لي، يا من تمنيت، وهويت، وتنفست.

- أحبك.

أشرقت شمس نهار جديد في داخلها محمّلة بأشعة ذهبية مزخرفة، لقد اختصر مشاعراً تجمّدت منذ زمن، وتحت تأثير الصدمة، لم تصدّق وقع هذه الكلمة عليها، وكأنها بذرات من السعادة الممزوجة بعبق الماضي الجميل تخرج من حلقه، لقد أتت إليها هذه الخلطة على طبق من ذهب مغطى بذرات الأوكسجين المنعشة، لم تعد تتنفس العشق إلا بوجوده، ستحبه الآن بكل أنانية المرأة، ستخلص له وتضحي من أجله الدهر كله.

قالت له بحب العاشقة التي تريد استرجاع حبيبها الذي فقدته بعنادها:

- أرغب في إعادة التجربة معك، ولكن هذه المرة في مكان مختلف كلياً، سنذهب في رحلة نهرية؟!! ودعني أقول لك شيئاً، فالمرأة من الصعب أن تطلب من أي رجل مواعدته، ولكنك حالة استثنائية في حياتي ولن أقبل بأي اعتذار.

تفاجئ بطلبها المفاجئ والعفوي، وبكل جنون الرجل الذي صرعه الحب متناسياً لحظات الغضب والمعاتبة، قال لها دون تردد:

- أجل.

* * *

اتصل "معين" بـ Anthony معاتباً إياه لعدم إخباره بأن معشوقته يهودية الأصل.

أجابه Anthony وهو يضحك:

- لم أكن أعلم بأنها يهودية، وهناك أمر أهم من هذا الموضوع.

استبد الفضول بمعين، وسأله على الفور:

- ما هو؟؟!

- إن "مريم" ليست هي الفتاة التي تم اختيارها للمواعدة العمياء، فلقد ألغت الفتاة مشروع المواعدة منذ اليوم الأول واتصلت بالشركة الراعية لهذه المواعدة والذين بدورهم أبلغوني بهذا الإلغاء، وعندما أخبرتني بما حصل معك في اليوم الأول، لم أشأ أن أزعجك بأنها ليست الفتاة المنشودة، وذلك لكي يظل حلمك بالحب ينمو ويستمر بداخلك.

- وكيف لبست "مريم" القلادة الخضراء؟؟!

- إنها الصدف يا صديقي.

- يا لها من صدفة غريبة؟؟!!

- إن هذا اللقاء قدّره الله لكما، لذلك لا تهتم بجنسيتها أو ثرائها، فأنت أحببتها لشخصها فقط.

- نعم ووقعت في حبها.

- إن الوقوع في الحب هو أروع أحداث الحياة، وهو أثمن ما نملكه، فلنعشه بملء إرادتنا، كقول تشارلس ويكنس (البارحة قد عبر فانسه، والغد لم يحن فلا تهتم به، واليوم هنا فعشه) لا تعش على عبارة - من نكون -، بل عش من أجل الجوهر الداخلي للشخص الذي تحبه.

* * *

لبست فستاناً أحمر أقل ما يقال عنه إنه مغري ومحافظ في ذات الوقت، نظر إليها قائلاً:

- آه، كم أنت جميلة، أخاف أن يحسدوني الناس بسببك.

ضحكت وقالت بابتسامة جذابة:

- أراهنك بأنهم سيحسدونني أنا بسبب رجل وسيم تعلّق بامرأة جمالها

أقل من المعتاد.

- أنت مخطئة، فعندما يرونك لن تنفعني وسامتي لأنك قد بهرت الجميع بشعاعك البراق.

كانت رحلة عشاء نهرية مذهلة مع عزف لسيمفونية شعبية تحاكي التراث الشعبي لمدينة "لندن" بالإضافة إلى روح التاريخ العريق لآثارها، مرت بهما المشاهد البانورامية لبيت البرلمان، عين لندن، برج لندن، جسر البرج وكاتدرائية القديس بولس.

خرجا معاً من السفينة، فأرسل لهما النهر نسمات حنان رائعة من هوائه المنعش، قالت له:

- رجاءً أريد أن أمد رأسي خارج القارب وأتلذذ برؤية رذاذ الماء على شعري.

بدت له وكأنها حورية جميلة تخرج من الماء لترقص له، أصبح النهر لهما، الماء أيضاً والهواء، إنهما حرّان في هذه الزاوية من القارب، ما كل هذه الأحاسيس التي راودته، كأن النهر وُجد لكي يتخلص من أعباء حدوده الصارمة.

فجأة وجدت يده تمسك بيدها،كشعاع شمس واه يشق غيوم العشق المكبوت بداخلها، وسحبها إلى شفتيه ولثمها بكل شوق، وحنين، ولهفة، وكأنها جنين يخرج إلى حياة جديدة، يبدي مقاومة خفيفة في تقبّل الحياة ثم يبدأ بالبكاء إيذاناً بقبول واقع محتوم عليه.

لا صوت يعلو، سوى بقايا امرأة خاوية من الأنفاس وبداخلها حرارة غضب ومتعة تعلو وتنخفض في دمها الملوّث بالعشق.

سؤال داخل كل منهما: ماذا حدث؟

عادا إلى داخل السفينة، كانا يضخّان حمماً، مختلطة بتوتّر يتساقط من حولهما.

كانت خائفة من نفسها التي أطلقت العنان لعواطفها، نظرت

إليه مرة أخرى بنظرات دافئة مشتاقة، ابتسامتها الغامضة حوّلت وجهه المتشرب بطعم العشق إلى صور من الممثل المشهور بوسامته "رودلف فالنتينو" معلّقة على جدران قلبها.

أصرت أن يظل الحديث بينهما في حدود، أرادت أن تصرخ به: هل حبي لك كان خطأ؟ لقد رأيت الحقيقة في عينيك، أنت تحبني بجنون، المرأة لا تخطئ أبداً في مشاعرها.

نظر في ساعته وكأنه متعجل العودة إلى أرض الواقع، أحست بطعنة في قلبها، قاومت غصة قهر، وولدت بداخلها بذرة الشك، هل القبلة دليل على حبه لها؟ أم أنها بنظره مجرد فتاة ليل أراد الاستمتاع معها لبعض الوقت، ثم قرف منها ومن الأمراض الجنسية المختزنة بداخلها وهجرها.

لن تبكي، من المستحيل أن تدمع عيناها، لقد منعت نفسها من البكاء منذ أن كانت طفلة صغيرة، فالدموع رمز لضعف المرأة، وهي لغز مخفي ومعقّد لا أحد يعرف حلاً له.

هوى قلبها وهو يمسك بيدها لكي تعبر باب السفينة إلى الخارج، أحست بالشعيرات الخفيفة على يده كأنها شوك يوخز الأبدان ويخلطها بمشاعر الحياة مع الموت ويضع الهيام والعشق الكامل في قائمة من المستحيلات.

طوال الطريق رغبت بأن يلتصق بها ويضمها إلى صدره، إحساس مختلف حدث لها، إحساس مراهقة تتعرف على تضاريس رجل لكي تنحت معه جبال الهوى وتحفر معه أودية الأماني.

لقد وصلت إلى السحب واستحمت بشفافيتها المليئة بالنقاء، كم مضى عليها لم تغسل جسدها بالحب، لا تريد أن تفيق من حلمها، إنها ترى نفسها في جميع الأركان، وهو يحاصرها كتجسيد لرجل شرقي تشتهيه وتريده.

نظراته الشاردة تجعلها تحس بخيبة أمل في مداراة شره أشواقه ومراوغاته المستمرة بمعاودة التقرب إليها، ولكنه لن يظفر الآن منها إلا بخذلان جديد يقصيه عنها وعن عالمها.

وقف قليلاً يتنفس من الهواء النقي وكأنه يهرب برجولته الشهوانية أمامها إلى خارج جسده، أطلق زفرات قاسية تكاد تخلع أضلعه، ندماً على ما فعله.

وأخيراً نطقت وقالت له:

- من أنت؟ أين أنا؟؟ ما الذي يحدث لنا؟
- ما الذي تقولينه؟ لقد أرغمت عقلي على الجنون، كحل للوقوع في حبك، من سيكون العاشق أنا أم أنت أم كلانا، هل سأكون ظلاً لامرأة تدخلني القبر وتختفي كحل ومهرب من الحب.
- أتتك الجرأة مرة أخرى على الكلام، لقد طال الظلام على قلبي بعد أن كان قصيراً، ليس لنا خيار إلا اعتبار ما حدث مجرد نزوة لم تحدث.
- سامحيني.

فكّرت قليلاً، أهو نادم حقاً؟! كيف يطلب الاعتذار ويجعل ما حدث بينهما جرماً عظيماً، إنه هو من أشعل فتيلاً بداخلها ولن يطفئه إلا هو.

أوصلها إلى منزلها، وقالت له بحدة:

- لا أعتقد أنك ستراني بعد الآن، يكفيني أن أشكرك على هذه السهرة الجميلة، إلى اللقاء أو لا لقاء، لم يعد هناك فرق.

* * *

استيقظت بعد غيبوبة حب لذيذة مطعّمة بكوابيس الفراق على اتصاله وعلى صوته الذي يشبه نسيم الصباح قائلاً لها:

- لك الخيار، مع هذا الوضع الجديد، أن تقبلي بمقابلتي اليوم فأعود

إلـى داخـل الكـون بعـد أن هجرتـه وعشـت في نجمة الأمـل أو أن تكسري قلبي، فتقتلي رجلاً متأثراً بجراح مشاعره.

- ذلك يكفي، لقد خلعت باب انتظاري، لقد نسيت أن أتنفسك في كل لحظة، هل في قلبك أي عظمة لتتكسر؟ هل ما زال في عمرنا ثوان لكـي نضيّعـه على خلافات تسـجننا مدى الحياة فـي أعاصير ورياح ثائرة لا تتوقف.

- مـا فائـدة كلامنـا الآن؛ حديثنـا فعلاً ناقـص، ولا يقوى على تحريك صخرة حبنا ولا قيد أنملة، لقد اكتشـفت أن لك مكاناً في قلبي لا يمكـن لأي شـخص فـي هـذا العالـم أن يملأه غيـرك، أريد أن أراك الآن؛ لنذهـب إلـى الريـف الإنجليزي، استعدي، ربمـا تظني أن بي خلـل، هسـتيرياً، ولكـن لم يعـد بي قدرة على المقاومـة، أريد رؤية اللون الأبيض والأسـود واضحاً، ولا أريد رؤية كآبة الرمادي، أريد أن أرى حبك بقصة قصيرة من زمن "قيس" و"عنترة" (رجل أحب امرأة، عاشت بقلبه ثم مات هو بقلبها).

- ما الذي تبحث عنه هناك؟

- فضـول، مجـرد فضـول، قـال عـرّاف قديـم: الريـف منبت السـعادة والفضول في قلوب العشاق.

- إذن أنت تستنجد بالطبيعة كشعاع أمل.

- نعم، في الريف تمر أسـراب من الطيور يجمعها شـكل قوس، تطير باتجاه واحد إلى منبع أصلها ألا وهو الريف، تستطيعين اللعب معها، تقبّليهـا تناغيهـا، ومهما ابتعدت عنك فهي تعود إلى روحك وتجري وراءك لتحميك من المخاطر.

- لن أفكر في رفض عرضك السخي، سأمر الآن لنذهب.

- لا أريد سائقاً يرافقنا، أنا وأنت فقط في قطار الحياة.

اتصلـت بهـا سـكرتيرتها للتوقيع على صفقـة ضخمة من الملابس

النسائية لتوريدها إلى الأسواق، لم تعرف ما كان جوابها أهي الموافقة أو الرفض، إنها لا ترى أحداً، أصبحت بلا صوت، بلا إحساس تخلصت من كل أفكار التجارة، عرفت مشاعر الدنيا بمنظورها الحقيقي، وكشفت عن أسرار لم تشعر بوجودها من قبل، دخلت إلى العمق البشري بمنظار الصورة الواضحة المعالم، كانت تتعجب كيف كانت حياتها قبل أن تتعرف عليه وقبل أن تحبه، هو أشياء كثيرة لا تستطيع تعدادها أو وصفها.

الفصل السابع

....

نقاط الرغبة

(المرأة تحب بمكر، بينما الرجل يحب بذكاء، والاثنان يضيعان في بحر مشاعرهما)

كان القطار ذاهباً إلى "Stratford" إحدى مدن "Manchester" الكبرى في إنجلترا، حيث السماء الزرقاء الصافية والطبيعة الخلابة، كانت تلبس قميصاً أبرز جسمها الملفوف بجمال المرأة القادمة من عمق الجاذبية، مع بنطال قطني، وحذاء رياضي، وشال أخضر من الحرير ربطته حول عنقها، مع احتفاظها بالكحل الأسود الجميل.

كانت تبذل مجهوداً ضخماً للتحوّل من امرأة ثرية إلى امرأة بوهيمية، كأنها تريد إبلاغه أن فلسفتها في الحياة هي أن المرأة إذا أحبت بصدق تنازلت عن كل شيء من أجل حبها، لأنه سيكون مسك الختام في حياتها.

أغلق كل النوافذ المعتمة أمامه وفتح صفحة بيضاء مطعمة بقصائد الشاعر الإنجليزي "جون كيتس" يسمعها لها، كانت معه حافظة تحمل شاياً معطراً بالزعفران وماء الورد صنعه بنفسه، ناولها منه القدح الأول والثاني، ومع ذلك أحست بالظمأ مع كل قصيدة.

نظر إليها نظرة مليئة بالأشواق والهمسات القلبية وقال لها:

- حدثيني عنك بعد عودتك؟

قالت وهي تغوص حباً وعشقاً له:

- لقد عدت إنسانة أخرى، فحصارك لي في كل وقت جعلني من

الشعراء، وكلامك المعسول الذي لا يفارقني جعلني لحبك من المدمنات، عدت أحمل حباً فوق أكتافي، تحررت من عبودية المال، لم يعد شبح الماضي يتعبني، وأنا متأكدة بأن هذه الرحلة ستلبي رغبات العشق بداخلي.

كانت لا تحس بمرور القطار السريع بين المحطات، ولا بالاستراحات المملة، كان يلمس يدها بين فترة وفترة وكأنها تعيش في غيبوبة الحب من لمساته، وتلملم أوراق الشجر القديمة بين أصابعه قالت له:

- إذا بقينا على هذه الحال، فسوف نموت من قلة الراحة؟؟
- إنك مخطئة يا ملاكي، لقد عدنا إلى الحياة، عاد إلينا الهدوء الطبيعي في العشق، لقد ولدنا أخيراً، لدينا الآن السهولة، المرونة، الخفة، وكأننا ملكنا حواس الحب، أيتها الملهمة (أحبك.. أحبك.. أحبك) وبكل لغات العشق القديمة سأقولها ليعلم الجميع من هي فراشتي الجميلة.

وبابتسامة المرأة المزهوة بكلمات الغزل قالت له بدلال واضح في صوتها:

- نحن في منتصف القطار، ماذا حدث لك؟؟
- كم أتمنى أن أكون شخصاً خفياً أمر عليك وأقبلك وأمسد على شعرك دون أن يرانا أحد وأصرخ في الجميع إنها لي، لي، أنا فقط.

سكتت ولم ترد عليه، أصبحت لا تعيش الفرح إلا وهي معه، عيناها لا ترى حبيباً سواه، إنه منبع أجمل الأبيات المغزولة بالزهر والفل والريحانِ والتي كللت ليالي العتمة والظلمات في حياتها، لتصبح نوراً يفيض شعاعه حباً وحناناً.

عند البوابة الخارجية للمحطة طلب تاكسي للذهاب إلى فندق The West bridge، حجز غرفتين ذات شرفات تطل على المدينة،

وبينهما باب مشترك.

أرادت أن تدفع ثمن أجرة التاكسي عند الوصول إلى الفندق... فقال لها بصيغة الأمر:

- أعطني محفظتك!
- لماذا؟
- لقد اتفقنا أن لا دخل لك بالأمر، الأمر لي الآن يا "مريم".
- لماذا اخترت هذا المكان بالذات؟؟
- إنها مسقط رأس الشاعر والكاتب الإنجليزي الشهير "وليم شكسبير" وعلى الرغم من مرور أكثر من أربعمائة عام على وفاته فمنزله يعتبر مزاراً سياحياً من الدرجة الأولى، ويتوافد إليه آلاف السياح البريطانيين والأجانب في عطلة نهاية الأسبوع، فشعره معلّق في قلبي لأنه يشبه روحك، وهو معلّم الحب بلا منازع.
- لا، أنا أختلف معك، فلا يوجد أحد يعلّمنا كيف نحب، الحب يأتي بدون مقدمات، ولا يعترف بمكان ولا زمان ولا يفرّق بين أجناس.
- ولغة القلوب هي الشاهد عليه، وهي لغة لا يفهمها إلا العشاق، الدموع رسائلهم، والقمر نديمهم، ونجوم الليل تؤنس وحشتهم، وشِعْر "وليم شكسبير" هو جزء من آمالهم وأمنياتهم لحبيب يبقى معهم طوال العمر.
- هذا كثيرٌ عليّ، فمن أنا ليحبني كاتب يفهم مخابئ العاشقين، ويكشف بواطن النفوس لكتّاب الشعر من بين السطور والأوراق.
- هذا الكاتب يجنّ بك ومستعدّ أن يستبدل أوراق عمره الحالي ورقة ورقة، ويتعلق بورقة خريفية صفراء، تعلم عن موتها وبأنها لن تعود إلى الشجرة التي لفظتها مقابل حبك، لذلك أرجو أن يبقى حبك في قلبي إلى الأبد، وإذا حانت لحظتي فلا تنسي مقهانا ليكون ملتقى العشاق من بعدنا.

وضعت يدها على فمه محاولة إسكاته ومنعه من ذكر الموت، فلمست أصابعها الناعمة شفاهه، وأشعلت النار في شرايينه، لم يستطع الحركة وكأن حواسه قد شلّت تماماً، ولم تبق معه إلا حاسة السمع، فقالت له:

- حبيبي أنت الأقرب إلى حزني والأعمق في نفسي وإذا حدث لك أي شيء لا سمح الله، فتأكد بأني سأصبح تراباً تذروه الرياح وأتبعك إلى أي مكان تذهب إليه، وسأبقى أخاطب فيك جمال النجوم الساهرات، يا من كسوتني حباً ولملمت كل أجزاء الشتات في حياتي.

دخلا الفندق، كان قلبها يزغرد فرحا لأنها ستبقى معه طوال اليوم وبجانبه، وستسهر على رؤيته، وتتابع رغباته من خلال قهوته، كأس الماء الذي يشربه، الكعك الذي يفضله، غضبه، ورقّته، كل هذه الأمور ستتجمع في دمائها المغروسة في حبه.

ما أروع الحياة ونحن نبتسم لها، ما أروعها ونحن نحب، ويا لروعتها العظيمة لو حققنا وحصلنا على كل هذه الأمور، كان غريباً بعض الشيء بالنّسبة لها أن تمتلك فجأة منظاراً جديداً مختلفاً عما سبق وتتأمل به "معين" وكأنها طفل يقوم باستكشاف العالم للمرة الأولى وهو مليء بالحماس ويطير من الفرحة جراء كل ما يحدث من حوله، تأملت غرفتها وابتسمت، تأملت سريرها وابتسمت، أصبحت تصغي لصوتها وتبتسم، وأخيراً تأملت المرآة وابتسمت للحياة.

* * *

كان حذاؤه عنيداً يرفض الاستقلالية، وضعه بعيداً عنه وطلب منه أن يدهس على مراهقته المتأخرة ويبقى في مكانه، ولكنه أصر على انتعاله والذهاب إليها على التو وفتح باب العشق الذي بينهما، أشار إلى حذائه بعصبية وطلب منه الهدوء وأن يبقى في مكانه طالباً منه عدم

دهس روحها الجميلة بلحظة نشوة تزول على الفور، بعد أن تستغل ضعفهما وتكسر حاجز الحب الصافي الذي بنياه باختيارهما.

ارتدت ملابس صيفية خفيفة جميلة ملوّنة ونزلت معه إلى سوق السبت، اشترت له ميدالية من الخشب عليها صورة لـ "ويليام شكسبير"من الأمام وفي الخلف كلام حفرته له (إلى من علّمني معنى الحياة والحب).

شكرها قائلاً:

- أصبح حبك معجزة، بعدما ولى زمن المعجزات، شكراً لحبك، فهو زودني بأروع مفرداتي، وهو الغمامة الوردية التي حمتني من لهيب الصحراء.

قصدا بيت"ويليام شكسبير"، ورأت كأنها تعيش مع "معين" في دفء هذا البيت، كانت دواوينه معلقة في كل مكان، وسريره محاطاً بألوان فاقعة غلب عليها اللون الأخضر والبرتقالي، كانت عينا "معين" تشرح لها عن كل قصة كتبها وعن كل شعر قاله، أحست بسعادة كبيرة لاهتمامه بتثقيفها وعنايته بتشذيب عقلها، قادها إلى الطاولة التي يكتب عليها، حيث تناثرت الأوراق الممزوجة بالحبر القديم، وتمنت أن تهدي هذه الطاولة لمعين وأن تبيع كل ما تملك لشرائها له.

ذهبا معاً إلى عرض shakespearience الذي يستكشف قصة شكسبير ويسلّط الضوء على جانب من تراث بلده، كان ممسكاً بيدها طوال الوقت، وأحست بأنها تريد مسافة للركض والتخلص من التفكك والعذاب الذي يجتاحها بسبب النشوة المسيطرة عليها.

أصبحت جروحها تتساقط أمامها ولا تجرؤ على فك أصابعها من بين أصابعه، تتمنى أن يقبّلها وتشتهي جنونه وأن يدخل جسمها ثم ينتشر في فراغاتها ويتخلل في قاع روحها، ولكنها في لحظة واحدة تتشكل على شكل طائر البلشون سامقة وحزينة، ولا تجرؤ على عبور

قلبه والاندساس تحت هوى مدرجه لتغفو وتستكين من رحلتها الطويلة معه عبر السماء.

ذهب بها إلى شارع الأغنام، وكما يوحي به الاسم فالأغنام في كل مكان بدون أي رقابة عليها، فهي ترمز إلى النقاء وصفاء القلوب، وكأن مشاهدتها تجعل الآخرين يتسعون في رحاب الأفق ويتعرفون على ضعف شخصيتهم وأن مشاغل الحياة وهمومها تضعهم داخل دائرة ومهما حاولوا أن يكسروا هذه الدائرة تعود بهم إلى نقطة البداية.

أرادت أن تخرج من هذه الروائح المختلفة للأغنام وتشم هواء جديداً، كان هناك مارينا الباصات المائية التي هي عبارة عن فنادق ومطاعم عائمة، دخلا إحداها وأكلا فيه، نظر إلى عينيها قائلاً:

- أريد أن أضمك وأنت تأكلين، فأخبئك عن أعين الآخرين وألهو بطعامك، فتتساقط فتات خبزك بفمي، فيكون جزءاً من لعابك الجميل محتواه داخل معدتي، ثم يتحرك هذا المحتوى من تحت جسدي ويرحل إلى منابع عقلي، فيلقي قصائده الملونة التي تدور في فلك واحد، ألا وهو الالتقاء بعالمك من بعد شوق إلى حنانك.
- كلماتك تعلّقني على أشجار ليست لي، وتحلّق بي إلى آفاق ليست لي، كلماتك تسرق الأضواء وتسرق نبضي وتجعلني شاعرة في زمن ليس لي.
- أحبك، سأقولها لك اليوم وأمس، وإذا نسيت في هذه اللحظة سأقولها بالغد وبعد الغد ومدى الحياة.

كانت أصابع الشمس المتأخرة في تمام الساعة التاسعة مساءً قد بدأت بالغروب، لقد أصبحت ترتعش بمجرد التفكير بعودتها معه إلى الفندق، كان عليها أن تكبح جماح شوقها له، وأن تصارع هوى

عنيف يدفعها للتنازل عن تأثير الظلام لتلجم هذا الاحتراق في المشاعر العنيف.

عادا معاً كل إلى غرفته، كان يتمحور تركيزه على الركن الخامس من غرفته (الباب الفاصل بينه وبينها)، يحلّق به كوجه خال من الشعر حليق، وجلد عاري يريد أن يكسوه بألحان الرغبة.

فتح النافذة التي أمامه المطلة على البحر فتطايرت في الهواء صورتها وهي تتأرجح كطفلة صغيرة تريد أن تهبط إلى الأرض بعد أن انتهت من اكتشاف النجوم.

وضع رأسه على الوسادة ثائراً على البحر وماذا فعل به؟؟ لقد تغيّر بين ليل ونهار، أصبح الحاجز الذي بينه وبين معشوقته واهناً مشبعاً بالأصداف والشعب المرجانية المزيفة، ارتجف من داخله وقرر المجازفة، سرح وفي أكمامه رائحة الشيطان وغواية النوم، كترانيم معبد إغريقي غامض مليء بأوتار الشعر المثير.

* * *

كانت غرفته غارقة في الظلام، دق بابها بهدوء، آملاً بأن تفتح له طاقة من الأمل وتعمّر له منزلاً فوق النجوم.

ردت عليه من وراء الباب:

- ما أجملك وأنت تتحدث عن رغبتك بصراحة أيها العاشق.
- أنت تطريني كثيراً.
- ولم لا؟ فأنت حبيبي وأرجوحة النغم في حياتي.
- ألا ترغبين بشرب القهوة معي.

فتحت الباب على استحياء، شاهد جسمها كاملاً من خلال فستانها الأصفر الفاقع الشفاف الذي وضعته على استحياء وكأنها إعصار محبوس في زجاجة، وفي حالة من الاستعداد والترقب لحرب عالمية ثالثة ستبدأ على التو.

- لا تتصوري كم أحترم المرأة التي تعيش تجربة الحب بصدق.
- ما قيمة هذا الأمر عندما تنطلق شرارة الشهوة المزروعة بداخلنا.
- الشهوة هي الحياة، خُلقت بداخلنا كنار لا تخبو ولا تنطفئ ووُجِدت لكي لا تنقرض الحياة.

غمرته رائحة عطرها الفرنسي المميّز، وشعر بأنه يطل على جرف عميق لا قرار له.

- ما أجمل جسدك بعد أن عاش مخفياً عن ناظري.

اقتربت منه وهي تشم رائحة الغواية في الأثير، وسرى تنمّل في أنحاء جسدها ومسحت شعرها قائلة:

- تستطيع لمسه، ليست لي القدرة على تهذيب غرائزك الطبيعية، هل تعتقد أنني لا أعرف كل واردة وشاردة في ذهنك؟
- رغم الزمن الطويل الذي لم ألمس فيه امرأة، فإن الشهوة كانت بالنسبة لي شيء مستقل له معبده الخاص به، شيء لا أخلطه مع حياتي العامة.
- انظر إليّ إذاً، كن كرجل الغابات، بدائياً، مزاجياً، هجومياً.

تأملها بعمق، وسبح في بحر الأحلام، وشهوته أصبحت كثورة تونسية، مصرية، سورية، ليبية، تنمو ثانية بثانية ولا يستطيع أحد إيقافها.

لا يكفيه منها اليوم ابتسامة أو سلام، ولا يشبع قلبه قبلة هيام، بل احتفال ضخم يعلو به فوق النجوم.

بين نعم ولا، مرادفات كثيرة غابت عن عقله، ثم تغلبت عليه غرائزه، ووقع ذهنه على كفة الميزان الأيسر ليجذبه إلى الأسفل.

شدها من يدها بقوة، وطرحها على السرير، وهمس لها (أنت زهرة حياتي التي أود أن أقطفها الآن وفي كل مكان، سيصبح كلامنا بعد قليل بدون معنى، بدون هدف، فقط مجرد تأوهات، ونشوة تحفر

فـي عقولنـا إلـى الممـات) تركته يتحســس كل جزء منها بقدسـية كاهن يتلمس معبده ويطمئن على روحانيته، حاول أن يفك أول زر، فلم يفلح رغم محاولاته العديدة، اشـتدت عصبيته ولهاثه وحرجه، انغرسـت يده في صدرها، وأحس بعودة روحه الشـابة، ثم شـهق بشـبق لا محدود له، وحين أحس بالكنز الذي يملكه قطع بعنف وسـادية فسـتانها، كشـخص حـرم مـن امـرأة منذ زمـن وجفت روحـه وأصابها تشـقق وندوبات في جميع أنحاء جسده، ثم عاد إلى الحياة بجنون التمسك بها والاستمتاع بآخر قطرة منها.

الفصل الثامن

....

نقاط الأحلام

(عندما تحلم أيها الرجل بالحب، وتتلهف عليه، وتنثره، فاعلم بأنك وجدت المرأة التي تحبها)

حين استيقظ في صباح اليوم التالي، عجب من حلمه وهلوسته وكوابيسه التي تربصت به، وأوهمته بمعاشرة امرأة يتمناها بجنون، كان جسده رخواً ويحمل خارجه محتوى لماء داكن يعتبر تنفيساً لحاجز صنعه بنفسه لإقحام جسده من خلف باب مغلق.

دعك جسده جيداً بالماء، وخصوصاً موقع المياه الداكنة، إنها أمور شبابية مضت وولت منذ زمن، كيف عادت إليه وهو في هذا السن، أحس بفخر ورجولة عاتية، وكنوع من التصميم لمس كل جزء في جسمه وهنأه على هذا الإنجاز الرائع.

مع تناقض شخصية الكاتب، أحس أن جسمه مزخرف بدنس وكأنه عاهرة تبالغ في الاهتمام بتنظيف جسمها لتخفي دنس الأعماق.

خرج بجسده العاري من الحمام، ونظر إليه الباب قائلاً:

- لم ألحظ عريك من قبل، لماذا هذا الذقن والشنب الكثيف، ولماذا هذا الجسم المليء بالشعر، من المعتاد أن نبذل مجهوداً لإخفاء عيوبنا داخل ملابسنا، ولكن كل جزء من جسمك تخرج منه دبابيس مغطاة بقوة "شمشون"، احلق ولن تذهب قوتك الخارقة كما في الأساطير.

أراد استفزاز الباب فقال له:

- أنـت تثيـر تقـززي حقاً، الحياة مع العشـق والانصهار مع المرأة التي تحـب أرقـى مـن شـهواتك البوهيميـة، الحيـاة إحسـاس وفكر وفن وكتابة.

أجابه الباب وهو يضحك ضحكة رقيعة:

- هل تغالب نفسك أيها المثقف!!! فالرجل الذي لا تهتز شهوته أمام الأنثى يعيش وهماً يسـمى (المقاومة الغير مجدية)، فشـفتاها خلقت للقبل وجسدها خلق للاحتضان، انظر إلى ملامحك جيداً، دقّق في تعبيرات وجهك، كيف كان حالك وأنت تراقبها في كل لحظة، فمك مفتوح، عيناك جاحظتان، وأمر آخر تعرفه جيداً أيها الرجل.
- يجـب أن تفـرّق بيـن العشـق والشـهوة وبيـن ممارسـة الجنس وبين الحب، أنا لست حيواناً مسيّراً بغريزة الشهوة فقط.
- كفى مواعظ، فأنت لا يهمك سوى اعتصار اللذة، كما يعتصر العنب لصنع الخمر، هذه الغرائز هي التي تصنع الأديب، وتساعده في حبكة رواياتـه، لمـاذا لا تحضنّي وتخمد هذه المشـاعر المتقدة والعواطف الجياشة في عقلك؟!!

ارتعشـت أصابعه وحضن الباب بهدوء وكأنه يلمس جسـمها، أراد الباب أن يشاركه اللعبة، فرماه بنظرة غواية قاتلة، وقال له:

- استرخ ودع نفسك لي، أنا أعلم بأنك أتقنت فن الكتابة، ولكن دعني ألقنك بعضاً من فني، قد يوجد في الصحراء كنوز لا تجدها بسبب السراب ولكنك ستجدها على أعتابي، ثم بدأ باللهاث المتزايد.

لم تعجبه هذه التمثيلية فصرخ به:

- لم يسبق لي أن بادرت مع باب سواك، دوماً الأبواب تفتح لي، لماذا تتحرش بي أيها الباب.
- هي الأخرى تتحرش بي.
- أخبرني ماذا تفعل أرجوك.

كبح الباب ضحكته التي كادت أن تنفلت مجلجلة وقال:

- هي ترغبك بشدة ولكنها تدور في دوائر ودوائر من القلق وتحلم بأمل اللقاء وعند اللقاء تحلم بالبقاء داخل جسدك.
- دعني أنظر.

عكس الباب صورة لامرأة منهكة، ترغب بالصراخ وتكسير أي شيء أمامها، كانت تتمنى أن ينقضّ عليها كما ينقضّ النسر على الأرنب ويترك مخالبه على جسدها، صرخت على الباب قائلة:

- أحس بأني أنفصل إلى امرأتين، امرأة تريد هذا الرجل بشدة، وامرأة لا تريد أن تبيع شرفها في لحظة غريزية محروقة بالرغبة المستميتة.
- ماذا تريدين منه؟؟
- أريد أن أجلس في حضنه، وأدفن وجهي في صدره وأشتكي له غدر الزمان، يكون رجلي الذي يغدق عليّ من ذلك الرحيق الخلاب المعطّر بالفل، يشقّ سحب حياتي مزناً بعد مزن، كل درب يسير به هو دربي.
- هل تودين أن تكوني عشيقة له؟
- المرأة عاشقه بطبعها، ولا تعيش بدون حب، ولكن للحب حدود وآداب ونهاية سعيدة، أو نهاية مكللة بالخزي والعار، هل فهمتني أيها الباب!!.

عاد إلى عقل "معين" بصورة باب هش متموّج بصوتها الرقيق، وطلب منه أن ينسى الحكاية كلها، وأن يحوّل خلايا قلبه التي تنبض بالحروف وتسكب المعاني إلى رعشات خفيفة على شكل أحلام، لأنه لن يستطيع الحصول عليها مهما حاول ومهما لسعته نيرانها.

أراد أن يصفق الباب برجله حتى لا يستطيع التحدث معه ومناقشته في أموره الخاصة، ولكنه بصق عليه، وفكّر أن يقطعه إلى أجزاء صغيرة ثم يجعله نشارة خشب تذروها الرياح إلى جهة مجهولة.

صرخ به ليكف عن جلده بكلماته قائلاً:

- كفى، كفى، لا أريد أن أسمع منك أي كلمة إضافية، اذهب إليها للمرة الأخيرة وأخبرها عن صدق مشاعري.

أدهش الباب حالة الهياج الشديدة التي انتابته فقال له:

- أجمل الخطابات الصادرة من العاشق الصادق هي التي لا يرسلها عن طريق طرف آخر، بل النابعة من قلبه ولسانه، حسناً لن أكمل معك، فأنت أدرى بما تريد، ولكن لا تمثّل دور الشريف والعفيف معي، فهي ليست مجرد شهوة وستطير بمجرد الانتهاء منها، أتسمع، إنها امرأة تحبّك فقط، هناك حدود فاصلة بين التفكير بالمشاعر المتّقدة وممارستها، هذه الأمور تجعلك ممزقاً بين الانجذاب إلى الهاوية أو الوقوع فيها.

صرخ "معين" على الباب قائلاً:

- أحتاج إلى وقفة جادة وشجاعة ولصدمات متتالية لأعود إلى الواقع، لكي أصحو من حلمي المبتور المشوّه في معالمه، المنتهك في أعماقه لامرأة أعشقها بجنون، أرجو من ربي الآن أن يسامحني على ما فعلته وعلى تفكيري القذر، أنا من أصررت على ممارسة ذنوب اقترفتها بكامل وعيي، أصبحت كسارق يحصي غنائمه، وكل جسد ضمّه، وكل قبلة أخذها في غير وجه حق.

أصبح الباب عالماً لا يزول، وكأن أبواب العمر قد ذابت بداخله، يتعذب وحيداً وينزوي في جزء من الغرفة المعتم وقد يشف لحد البكاء وهو يعلم بأن من يزرع القصائد على عتبته غير قادر على كسر حواجز الفراق.

مرت ثوان وليست للحياة أثر في هذا الباب، أصبحت كل الأشياء في هذه الغرفة بلا روح، لقد انطلق "معين" بروحه إلى السماء طالباً المغفرة، ثم عاد إلى مكان منقطع عن الوجود، كأنه في منتصف السماء

ولا يريد العودة إلى الأرض وتلوّثها، لم تمر أي خاطرة عليه، أراد فقط أن يصلي ويدعو الله الهداية إلى طريق الصواب.

وفجأة تحوّل الباب إلى مرآة لامعة، طالع "معين" من خلالها إلى شخص حر، نظيف، نقي، ثم رأى صفاء روحه وطهارتها وهي تمد يدها إليه، فلما أمسكها تحولت إلى غيمة زرقاء صافية خالية من الشوائب، وكأنها شيخ صالح شفاه من شيطان تلبّسه.

* * *

إنه صباح جديد وسط ذلك الجنون الهذياني وهذا الخواء المريع الذي أحاط بها طوال الليل، وحيدة في هذه الغرفة، وكأنها مخلوق أسطوري يخاف منه الجميع دون أن يعرفوه على حقيقته.

اغتصبت ابتسامة، وأرادت أن تقتل الباب المغلق الذي وضعها في حيرة بين مفهومي العادات والتعاليم الدينية التي تربت عليها لكونها من اليهود الشرقيين، ومفهوم الحرية الجنسية التي تراها في كل مكان، ولكنها ستنجح في إيقاف هذا الباب من خلال تصميمها وإرادتها القوية، لقد رسمت طريقها بجدارة منذ الصغر ولم تجعل من نفسها سلعة لأي مخلوق إلا بالزواج، ستتمهل قليلاً وتنتظر مستقبلاً بنفس منشرحة وسعيدة مع حبها الحقيقي، إنها أنثى في نهاية المطاف، تطلب رجلاً يعشق الخصوصية، ويعتبرها كصندوق مجوهرات، يحافظ عليها من أعين الجميع ويخاف أن يمتد أي يد عليها.

تحسست جسدها، إنها محاصرة بتقاليد الأنوثة، وملوحة البحر الشديدة التي تمنعها من الغرق، وكأن البحر يعيش معها في غرفتها، إنها تتنفس كرامتها، كادت أن تجري خلف "معين" وتدق الباب عليه وترمي بنفسها في أحضانه ثم أدركت الحقيقة متأخرة، إنها من الداخل نقية وشفافة، ولكن الوجوه التي اختارتها بالسابق امتصت روحها الطاهرة.

تجاوزت الساعة الثانية عشر، ولم يتصل بها، وأصبحت تحس

بشـعور المتشـردين في أنفاق القطارات في لندن وهم ينتظرون أجرهم على عزفهم المعبّر عن قصصهم الحزينة، لم تستطع أن تعبّر عما يدور ببالهـا مـن أفـكار وخواطر بدونه وكأنـه فقدت عقلها، اتصلت به متلهفة للقائه قائلة:

- هل تبحث عن بديل؟
- إني أملك أصل الشجرة التي أعادتني إلى العالم مرة أخرى، لا أحد مثلك يا حبيبتي، ولكن للعاشـق طقوسـه العذرية، ويتلذذ بينه وبين نفسـه بأعنف المشـاعر وأعذب الأحاسـيس والتي تنزل به من جراء بعده وحرمانه، ولذلك لا يطلب العاشق اللقاء إلا كمقدمة ضرورية لتحقيق الفراق من جديد.
- لنخرج من هذه الشرنقة المفروضة علينا ونذهب لنتغذى.

ذهبت معه إلى Mums Cafe وقدّم لهما النادل كؤوساً من القهوة عليها أبيات شعر لويليام شكسبير، أحست كطفلة صغيرة تفرح بلعبة جديدة أمامها، كان طعم القهوة شديداً ومنشياً لها، ضبطته وهو يتأملها بشبق، وأحست بنظراته تخترق قلبها كزهرة التوليب التي تتربع على قمة عالمها الصغير.

قال بصوت يغزوه جنون العشاق:

- أريد أن أصادق حبك، لكن كيف وجمالك جعلني مجنوناً بك؟

ردت عليه بعبث معروف لديه:

- كم امرأة شاهدت في هذا العالم لتحكم على جمالي.
- الكثير والكثير، ولكن هناك امرأة واحدة بهرتني بشفتيها المكتنزتين، ووجهها الأسمر العريق الممزوج بلون الدراق.

ضحكت قائلة:

- لم أتوقع أن الرجال يحبون المرأة السمراء.

انتشـى لضحكتها، وأخبرها أن الشـاعر الكبير "نزار قباني" عندما

بدأ الكتابة، كتب عن الفتاة السمراء وقال:

قالت لي السمراء

أحب الصيف وهجاً إلهياً

لن تطفئه برودة الشتاء

وقلباً طفلاً

لن يعرف في أمور الحب

سوى الصفاء

قالت بغنج الأنثى:

- أرغب في أن تسمعني ما كتبت في رواياتك عن المرأة السمراء بدلاً من استعارة القصائد.

ضحك بنشوة كبيرة وقال:

- ستندمين، ولكن لا بأس سأقولها لك الآن من واقع رسمته، وطرت به عبر القارات والمحيطات لأضيء حباً أعلنه للجميع، هذه مقدمة كتابي الجديد الذي أهديه لك.

(رسمت بعينيها المكحلة قلباً على روايتي، رسمتهما بقلمي الرصاص واقعاً اخترق قلبي، وبرغم الحصون التي صنعتها، وعهدي بجنون الحب وأعراضه، إلا أنها استطاعت اقتحامي وهزيمتي بلا شروط، هذه قصة فتاتي السمراء).

ها هي تغادر قطار المكابرة، وتعترف بأنها أصبحت كنورس أبيض يبحث عن سمكة صغيرة تسد جوعه من خلال ريشه الأبيض المغطى بحكايا البحر، صارت أشبه بمن صحا من حلم، ونشأ يرتّب مشاعره المبعثرة، يستعجل الوقت ويهرب بالعمر إلى مساحات مضيئة.

إنها الآن ذابلة ومسحوقة بحبه إلى درجة الجنون كشمس وقعت في قلبها ولا يوجد مجال لإطفائها، أخرجت هدية له عبارة عن

ساعة مرصعة بالألماس، رفضها في البداية، ولكنه لمح ملامح الحب والانكسار في عينيها في حال عدم قبولها فوافق عليها، هي تعلم بأن تكاليف هذا الفندق باهظة، إنه سخي جداً وهذه ميزة الرجل الذي تحبه وتعشقه النساء، لذا أرادت أن تساعده دون أن تجرحه، فبسعرها يستطيع سداد تكاليف هذه الرحلة، مع علمها بأنه لن يبيعها مهما حدث له، ولكنها أرادت لضميرها أن يرتاح بسبب إغداقه بالمال والمشاعر عليها بلا حدود.

أخذ يدها وقبّلها، فانزلقت في راحة يده أصابع أنعم من الورد، لقد علّمته أسرار نشوة الحب، إن لمسة منها تتحول إلى مستعمرة من المشاعر تحتل كل جزء من جسمه، سحبت أصابعها بهدوء وبدأت تتناول طعامها وابتسامة رائقة تعلو وجهها.

لم تكن المرة الأولى التي يطيل فيها النظر إلى فمها، في داخلها احتجّت على نظراته ولكنها علمت أن لذته ليست كلها حسية، وأن لذات العقل والعشق بداخله أعظم من الظاهرة.

سألته عن العشق من باب الفضول فقال لها:

- إذا رجعنا إلى نظرية "ابن سينا" الذي يرى أنه بدون عشق يكون الإنسان معرّضاً للنقيصة والخسران، فينبغي للإنسان في نظره أن يحب لغاية روحية سامية، وأن يكون العشق من أجل الخير والأمور العالية الشريفة.

ثم ابتسم ابتسامة تدل على خبث فاضح، وأضاف بمعنى أوضح:

- إن الإنسان إذا أحب الصورة المستحسنة لأجل لذة حيوانية فهو يستحق اللوم بل الملامات، ويجب عليه أن يحب الصورة المليحة لجوهر الإنسان، ولكن الإنسان هو الإنسان وبداخله اللذة التي لن ولن تنطفئ.

تطوّر حبها له، فكان معلّمها في جميع المشاعر واستطاع أن يروي

أحلامهما، وكأن هناك قيداً سرياً يربطهما بروح واحدة.

أصبح قلباهما شفافين كالماء الزلال، اتضحت معالمها ولم تعد الفواصل أو المسافات أو حتى المشاعر تفصل بينهما.

* * *

كان اليوم الأخير في "ستراتفورد" ثم العودة صباحاً إلى لندن، دقت الباب لتستعجله الذهاب حيث لم يبق من وقت لتقفل المطاعم أبوابها.

خرج وقد شذّب لحيته وشنبه الكثيفين، فقالت له:

- حين طرقت الباب، ونظرت إلى وجهك عرفت لماذا تأخرت أيها الشاب الصغير، ولكني لا أستطيع أن أتخيل حصاني البري الغير مروّض يتحول إلى وردة محاطة بهالة سحرية.

سكت قليلاً، ثم قال بشيء من المزاح:

- أحببت أن أريك الشاب الممتلئ قوة وحيوية.

قالت له واثقة من كلامها:

- العمر لا يقاس بالسنين إنما يقاس بالعطاء، العطاء شباب الروح، والكبر فيه الوقار والأمان والحياء، فالسن يتلاشى في ماء البحر المالح، ولا يبقى منه سوى الزبد، في هذا الزبد تزهو المشاعر، تنثر ألوانها وجمالها في كل مكان وفي كل جهة في مساحة رؤى العين والقلب، وللعلم وجودك بجانبي وصحبتك معي تجعلني أذكى وإحساسي بالعالم أصبح أكثر وضوحاً ويبث في قلبي ذبذبات إيجابية، وكأنها زخات مطر سقت بذوري الخاملة وحوّلتها إلى بساتين من الورود، هناك معادلة رياضية غامضة تثبت أن 1+1 = مليون وليس اثنين كما هو متعارف عليه، لأن الأعداد كلها تصبح مضاعفة في وجود عقل ناضج كعقلك.

سرح مفكراً بكلامها، إن أجمل ما في المرأة هو إطراؤها لحبيبها

مهما يملك من أمور بسيطة، إننا كرجال نحتاج إلى ملهمات في الحياة، لأن الحياة نفسها تتطلب مجهوداً لتقبّلها.

جلسا في مطعم Nando's Stratford المشهور بأجنحة الدجاج وديكوره الخشبي وأجزاء من الماضي تحيط بهما، أخرجت من كيسها علبة كبيرة مغلّفة بالورود وقالت له :

- هذه هدية بسيطة، عبارة عن مسرحيات لشكسبير خلال السنوات الثماني الأخيرة من حياته: "سيمبلين"، "هنري الثامن"، "العاصفة"، "حكاية الشتاء"، أرجو أن تعجبك!!
- من يحب يُهدي، ومن يُهدي يحب، وخير هدية هو الحب ذاته، أنا أحبك يا "مريم"، جعلت حياتي مشرقة، عزفتي بأوتار قلبي كأعظم عازف كمان في العالم، سوف أعيش كطفل صغير يأوي في نهاية المطاف إلى من يحبه بإحساس قلبه الصادق.
- أعرف أنك تحبني، وأحب فيك الكاتب المتحرر الذي أسمع من خلاله إلى حكايا السهول والتلال المرجانية، لقد تعلّقت بك، ولكني للأسف امرأة لا تصلح للحب، أقصد بمعناه التقليدي دون ارتباط.
- إن علاقة الارتباط هي جزء من حياة المرأة في شكلها النرجسي، ولكن هناك حياة مختلفة في كل جزء من عقل الرجل عبارة عن مشاعر يطلقها في عقله قبل الارتباط بأي امرأة تعوم وتنتشر في كل تفاصيل روحه.
- وما هي طبيعة هذه المشاعر؟
- مشاعر التفاهم، أليست هي المشاعر المطلوبة في كل علاقة؟ ألا تعرفين بأن خيال الكاتب يكون أوسع من أي علاقة على هذه الأرض ويستطيع من خلالها الذهاب إلى جميع أرجاء الكون وينشر أمل الحالمين في حياة جميلة عندما يكون متفاهماً مع من يحب.

تنهدت تنهيدة مطربة قديمة تريد أن تتأكد من أن حبالها الصوتية

وقدرتها على الغناء لا زالت متأججة، فيما كانت ترتجف كطائر يهيم في السماء يبحث عن رزقه ويعود إلى عشه خالي الوفاض، ثم قالت له برقة:

- لنتمشى قليلاً داخل هذا الريف ونستنشق بعض الهواء النقي، أحس بأني مخنوقة هنا.
- هل أنت بخير؟
- نعم.

أحست كأنها وردة تفتّح عطرها في صباح شتوي بارد كئيب، ثم حلّت عليها عاصفة ثلجية قضت على أوراقها.

لاحظ هذا الذبول المفاجئ لها فقال:

- قبل أن نذهب أريد أن أطرح عليك سؤالاً، وأرجو أن تجيبي عليه بكل صراحة مطلقة.
- هل تحبينني؟

ضحكت "مريم" وقالت له دون تردد:

- طبعاً، لقد أحسست بك منذ أول نظرة أرسلتها لي في أول موعد لنا، ولكني عجزت عن شرحها لك كعجز العين عن رؤية الحاجب.

وضع يده بيدها وتمشيا بالقرب من حقل مليء بالزهور، ثم اقترب من زهرة حمراء مخلوطة باللون الأبيض وأهداها لها.

قالت له وهي تحس باسترجاع جزء من سعادتها:

- سأتخذ هذه الزهرة سكناً، ومبيتاً، لتصبح عالمي الخاص بي، وستكون تحت وسادتي طوال الوقت.
- هل أعجبتك وردة من رجل مسكين مثلي وأنت أهديتني ساعة تقدّر بالآلاف.
- أقسم لك لو أن أي رجل آخر قدّم لي هذه الوردة فلن أحس بها ولا برائحتها، لقد حصلت على ما أريده في هذه الحياة، صديق

مخلص.

جنّ من كلامها المستفز، فقال لها:

- الصداقة هي مستوى أقل من الحب، إن الحب هو أعظم ما في هذه الدنيا، لا أريد صديقة بل حبيبة أصحى معها كل صباح، وأغط من أريج شعرها وقد غرقت بشذاها، وأجعل رحيق شفتيها دوائي وفي نفس الوقت خمري الذي يسكرني حتى الثمالة.
- وأين أنا من هذا الحب؟ إنما هي ظروف متشابهة جمعتنا وهذه الظروف نفسها ستفرّقنا.
- إن صحت نبوءتك مات حبّنا.
- وهل تتوقع أن تحدث معجزة وتتغير هذه النبوءة.
- لا أريد أن أفسر هذه النبوءة كنجم بعيد يضيء حياتي بهدوء وهو ميت.

وصلا إلى شارع high road المزدحم بالسائحين فأوقفها قائلاً:

- هل أستطيع أن أطلب منك طلباً ولك الخيار في قبوله أو رفضه؟
- تفضل.

جثا على ركبتيه أمام الناس وأخرج من معطفه علبة صغيرة تحتوي على خاتم مرصع بالألماس، وقال لها:

- هل ترضين الزواج بي؟

قالها وهو ينظر إلى تعابير وجهها اللامع لترد عليه، كانت تئن من الفرحة والوجع في وقت واحد، وتمنت أن يتوقف صدى تلك الكلمة في قلبها، ويحدث أي شيء عدا النظر إلى تقاسيم وجهه التي تفوح بِجُزُر القبول الفاتنة وشواطئ الغرق في حال رفضها لطلبه.

- ولكن أنا لي ماض لم تعرفه بعد.
- ولا أريد أن أعرفه.
- ليس الموضوع بهذه السهولة، وأيضاً يجب أن أبلغ إخواني بهذا

الموضوع وأطلب منهم الموافقة.

- افعلي ما تفعلينه، فقط وافقي على أن تكوني زوجتي وسأحارب معك طوال الوقت لكي أوحّد مشاعرنا المجنونة والمتقدة بين قلبين إلى قلب واحد فقط.

جثت إلى جانبه وقالت له:

- تحت ضوء هذا القمر الصيفي، أقسم لك إنني سأحبك إلى الأبد، نعم موافقة أيها العربي الذي خطفني بحصانه الأبيض.

وضع الخاتم بيدها وضمّها بقوة إلى صدره، تحت تصفيق من جميع المشاة الذين شاهدوا عصفورين يلتمسان الدفء والسكينة في هذا المنظر الرومانسي داخل منطقة تنبع بالشعراء والعشاق، ولوحة في بداية الشارع كُتب عليها منطقة (Romeo and Juliet).

عادا إلى الفندق وكان الباب الذي بينهما قد تحوّل إلى حديقة مليئة بالورود والياسمين لم يخاطبهما الباب ولم يخاطبوه، لأنهما علما خفايا الجهة المقابلة لقلب كل منهما.

الفصل التاسع

....

نقاط الاعتراف

(قلب المرأة كزهرة الياسمين، لا يعرف قيمتها إلا من شمّ عبق رائحتها)

في مقهاهما المعتاد طلب قهوته المعتادة وطلب لها مثله ثم قال:

- لم أحب مشروباً أكثر من القهوة، إنها ترسم بداخلي خريطة الفرح والسرور، والغريب أن لونها الأسود الحزين يدخل مباشرة إلى ألوان حياتي بأناقته وغموضه وتميّزه عن باقي الألوان ويغمرني بشعور مبهم يشبه المحموم الذي يغالب المرض وهو يهلوس بكلمات الحب الصادقة، وأيضاً القهوة تنأى بنفسها عن غطرسة الشاي، وتقضي على البراءة المتكلفة في أوراقه الخضراء.
- كل هذا المدح لها، أنت تعلم بأني أغار عليك من الهواء الذي تتنفسه، هل تحبها أكثر مني؟!

كان صوتها وهي تتدلع عليه عذباً ينساب إلى أذنه كالنهر المليء بالأحجار الملونة، ينبع من حنجرتها، ثم يتفرغ من شفتيها ثم يهبط إلى قلبه، آملاً في نفسه أن يسبح عارياً في داخله ويعزف لها أغاني العشق ليصبح هذا النهر ضبابياً، شفافاً، تنحدر على جانبيه صورها الجميلة الصافية.

ضحك من قلبه على غيرتها الجميلة فقال لها:

- القهوة سائل لا يجيد التعبير، ولا يستغل حب التملك، ومنشّط جميل للعقل يختفي بعد ساعات، أما منشّطي فهو دائم في قلبي

مدى الحياة، وهو يربطني بالجنة ونعيمها، ومستقبلي معك بإذن الله سيكون مفعماً بالدفء والعذوبة.

سرحت قليلاً تفكّر بالخوف من الماضي وبواقيه، والخوف من القادم وآتيه، كل الأشياء التي تراها الآن أمامها، قهوته، قلمه الرصاص، بنان بنصره الطويلة، ذكورته الواضحة في تصرفاته الشفافة، هلوسة أفكاره الجميلة، تجمعت في مكان واحد، في ضميرها المغروس في قلبها فقالت له:

- كأنني أرى نفسي في تلك الشجرة البرية "العُشر" التي كنت أشاهدها في طفولتي، وأرى أنه لا يقع عليها أو يقترب منها سوى الطيور الضعيفة والصغيرة بسبب عيدانها الهشة، لذلك أنا أعترف لك أنا هشة جداً غير واضحة المعالم أو التفاصيل، أرجوك دعني أرتقي معك حتى الوضوح، دعني أدق مسماراً ذهبياً شفافاً على جدار علاقتنا يخبرك بتفاصيل حياتي، دعني أخترق حاجزاً لا أعود إليه بعد الآن ولا أخافه بعد أن أحببتك، أريد أن أخبرك بماضي، وأتوحد معك في قلب واحد لا يتغير.
- ألم أقل لك، لا أريد أن أسمع عن أي ماضي؛ نحن نعيش في الحاضر فقط، فبعد أن أحببتك انقطع حب انتمائي إلى أي ذكريات منغصة، أريد أن أعيش من جديد مع من أحب، دعينا نراها كولادة ارتباط ظهرت على العالم بمولود صغير خال من أي ذنب، لنطوي معها كل شاردة وواردة من بواقي الصور المشوشة والغير واضحة المعالم من بقايا حياتنا.
- لا بد أن نعيش آلام المخاض والنفاس، هذه سنّة الحياة.

قال لها وكأنه لم يسمعها:

- ما فائدة التذكير بالماضي، دعينا نستمتع بكل دقيقة في حياتنا.
- أجل، ولكن أرجوك دعني أرمي بحملي، وأبدأ بكلمة صدق.

- كما تشائين.
- اسم عائلتي المعروف، فتح لي الاختلاط بالمشاهير وصفوة المجتمع، لقد تزوجت مرتين، الأولى من ثري جداً وهو طليقي السابق، والثاني هو المرحوم الذي أخبرتك عنه سابقاً، كان إخواني فخورين بما أفعله، وكأني بنظرهم سلعة رائجة يجب أن تختار أفضل المشترين، لقد عشت في هذا العالم المدهون بقشر الذهب وبداخلي كتلة من الخشب المليء بالسوس، كنت أطلق العنان لأنانيتي، وأمارس نرجسيتي بأني امرأة مرغوبة، اشتهيت أن أفعل الجنون وأصبحت أتمادى وأتفاخر به، وعندما تنتهي سكرة المال والمنصب يأتي الواقع وتعود نفس القصة لأمنيات امرأة محرومة من الحب الصادق، كنت أتململ محاولة إيجاد وضعية المرأة، الزوجة، الأم، العاشقة، الخاضعة لحبيبها، وأحتقر نفسي في نفاقها، لقد هربت من عالمي وعشت في عالم المال، كان عالم الإحساس والمشاعر أكذوبة بالنسبة لي لأن عالم المال هو العالم السائد أمام عينيّ، حتى وجدتك فخرجت من رحم السجن البارد، لم أهتم بأي شيء، لم يعد يهمني المال، تعلّمت منك أن أصنع مكاناً آمناً للحب، أرقد فيه بكل هدوء وبدون ضباع تحوم من حولي.
- أرجوك اطردي ماضيك، تذكّري أن حياتك ليست داخل هذه الزنزانة، إنها خارجها حيث الهواء الطلق، كل ما تحتاجين إليه هو الخطوة الأولى، امسحي كل ذكرى مؤلمة ولنبدأ من جديد.
- لا أستطيع.
- لماذا؟
- الأمر شديد التعقيد.

- ما المعقّد في ذلك، تحبيني وأحبك ونريد الزواج.
- أخاف أن يأتي يوم وتعايرني بأزواجي السابقين وترميني إلى شرنقة الوحشة والصقيع، وأنا لا أستطيع أن أتحمل دماراً آخر، كما أن إخواني سيرفضون حتماً زواجي منك، دعنا نتمهل قليلاً حتى لا نفترق ونتجرد من ذكرياتنا الجميلة.
- انظري إلى وجهي، هل تلاحظين أي اختلاف بعد أن عرفت عن ماضيك، لقد غضبت في المرة الأولى عندما أخفيت عني ثرائك، لأنك توقعت أن حبي سيكون مختلفاً لك من أجل مالك وسلاسلك الذهبية، ولكنك لم تعلمي بأن رؤيتي للحب من خلال قلبي وليس من خلال أكوام المال أو الجنسية، وإذا أصررت على حبنا أمام إخوانك فأنت من ستربحين التحدي، تحدّثي معهم، أقنعيهم لأني أريدك أن تشاركيني منزلي من الآن.

لم تصدّق ما يقول، ولكنها في لحظة انفعال أنثى قالت له:

- سأخبرهم اليوم وليحدث ما يحدث؟
- هل أنت بخير؟
- أنا في غاية القناعة والسعادة.
- حقاً.
- طبعاً.
- أعجبتني يا "مريم" هذه المقولة لأحد الحكماء:

(مع كل ربيع جديد سوف تنبت أوراق أخرى، فانظر إلى تلك الأوراق التي تغطي وجه السماء، ودعك مما سقط على الأرض فقد صارت جزءاً منها، لا تحاول أن تعيد حساب الأمس، وما خسرت فيه، فالعمر حين تسقط أوراقه لن يعود مرة أخرى) لذلك لنبدأ ربيعنا بحضورك معي غداً رأس السنة الجديدة.

- أصبحت كلمة غداً هي الكلمة المفضلة لي منذ الآن، وسوف أضيف إليها (غداً ومدى الحياة معك في سعادة وهناء).

* * *

قال أخوها الأكبر وهو في قمة الغضب:

- لـن تتزوجيـه، هـو عربـي متخلّف، غيـر متحضّر من بقايا أشـخاص متطرفين وإرهابيين وقتلة، هذا عار عليك وعلينا، أنا أعلم بأنك قوية، كيف تتزوجين من عربي ضعيف، ألا تعلمي بأن معظم الدول العربية تعتمد على الغرب في الحصول على الكثير من المنتجات الضرورية والأجهزة والمساعدات المالية والدفاعية والتكنولوجية، وإن الغرب يحمـي العـرب مـن بعضهم البعض، ولولا ذلـك لكانت بين العرب حروب لا تنتهي، نحن اليهود متفوقون على العرب في القدرة على التنظيـم وفـي التفكير العلمي، مقابل بدائية الحال العلمية والصناعية والتقنية عند العرب.

- لا تحكم على البشـر بأديانهم وأعراقهم وألوانهم، ارحمني يا أخي، كم من الشمع أذبت لأجعلكم أغنياء بأموالي، كم من الوقت أضعت فـي عمـل لـم أحبـه لأصبح رمـاداً لكم، أريد أن أرتقـي بروحي إلى الأعلـى، أبـدأ حياتـي الأبديـة مـع رجـل أحبـه ويحبنـي، كفـى هذه الاتهامـات والحقـد المتبـادل بين العرب واليهود، لماذا لا نعيش في سلام؟

- يـا لـك مـن فتـاة مجنونة، لن يحصل هـذا الأمر حتى نهايـة العالم، إن العـرب هـم مصـدر الفقـر والأنانيـة والانتهازيـة والفسـاد المالي والتعصـب الدينـي والمذهبي والعرقي، والعيش في سـجن الماضي، والتحدث عن حضارتهم التي كانت عظيمة في السابق، والهروب من مواجهة مسـؤوليات الحاضر والمسـتقبل، ألا تعلمين بأن هناك أكثر

من خمسين مليون عربي هاجروا من بلاد العرب بسبب الفقر إلى الغرب، وها أنت اليوم تصرّين على زواج فاشل دون الرجوع إلينا، إن الشعب العربي مليء بالنكسات والثورات وخيبات الأمل، ضعف ما بعده ضعف، فماذا تريدين من عربي تحملين ابناً من صلبه يخرج إلى الدنيا وهو يحمل الجنسية العربية.

- إن وجود إنسان جديد يحب الآخرين ومشبع بالتفاؤل والأمل هو ما يحتاجه العالم الآن، والسعي لصياغة هذا الإنسان هو الطريقة الوحيدة للاستمرار في حياة أفضل.

- لقد غسل عقلك هذا العربي، وبالتأكيد بعد فترة من الزواج سيسرق كل أموالك ويصرفه على نسائه وجواريه الأخريات، وعلى قتل الأبرياء وهذه هو تخصصهم في الحياة.

صرخت به وجميع جسمها يهتز اهتزازاً خفيفاً.

- كفى، لا أسمح لك أن تتحدث عنه بهذا الأسلوب.

- يبدو أن مشاريعك التي نديرها لك جعلك تتغطرسين علينا، أم أنه خطأنا الذي جعلنا نوليك الثقة في اختيار أزواجك، ثم من هو هذا الرجل الذين تدافعين عنه؟؟ وهل يستحق كل هذه المعاناة والأزمات وأن يضيع عمرك ومالك معه!!

- نعم، هو البيت والحجر، هو السماء والبحر، هو ميلاد جديد لكل شيء إنساني في حياتي، وأنا مستعدة أن أتخلى عن كل شيء من أجله.

- جميع الكلمات رحلت من عقلي، وجفّ الدم الذي يربط علاقتي معك، ولا أملك غير قول كلمة واحدة فقط، لو تمّ هذا الزواج فأنا وإخوانك سنتبرأ منك، ولو كان والدك على قيد الحياة لقتلك.

ضحكت وهي تقول بصوت محمّل بخيبة الأمل:

- يا لكلامك المضلل، وهل عندما تم بيعي بالمرات السابقة كنت تعلم بمقتلي في كل مرة!! لقد كان زواجي في كل مرة معجوناً بالثراء والمصلحة، إلى متى تهينوا أختكم؟؟

- أنت التي طلبت كل هذه الأمنيات، ولقد أعطاك أزواجك السابقين أكثر مما طلبت، وكنت تمضين مسرعة إلى المجهول، وازدادت سرعتك شيئاً فشيئاً، لدرجة أحسسنا جميعاً بأنك ستصطدمين بذلك الأفق البارد المخلوط بلون المال والطموح الغير محدود، وتم بالفعل الاصطدام وعانيت في البداية من الفراق، ولكن الأموال أنستك كل شيء، والآن أحببت الفقر، وحنّت نفسك إليه، هل أصابك لوثة الشباب وجنونهم!!

- زدني مما لديك، دعني أخلع عنك معطف الأخوة دعني أجوب الأراضي القافرة كريح تائهة للبحث عن هوية، أين كنتم طوال الوقت، لماذا لم تنصحوني!! لماذا لم يتم إيقافي عن هذا التهور!! هل تعلم لماذا؟؟ لأنكم أيضاً جريتم وراء بريق الأموال ومصلحتكم الشخصية، لقد حان الوقت لأرتب حياتي من جديد، أعود إلى غياهب الأنثى البعيدة القريبة، أقف أمام الناس وأخبرهم شيئاً عن حياتي علهم يستفيدون من تجربتي الفاشلة، ولا يصرّون على ارتكاب حماقة الجمع بين المال وموت القلوب وهم على قيد الحياة.

- إذاً ستفقدين إخوانك، وأنا متأكد حد اليقين بأنك لن تعيشي في أبدية الحب وأوهامه.

- أحب طعناتك لي لأنها لم تأت هذه المرة من الخلف، بل من أمامي وكأني من دم آخر ممزوج بالكره وبواقي الزرنيخ السامة في رابطتنا المحطمة، أريدك أن تعلم بأن لو رأت العين غيره لفقدت بصري،

ولو كان الحب لغيره لفقدت حياتي ومت بعدها.

خرج من بيتها ضارباً الباب بعصبية واضحة، وبقلبه يعلم بأنه لم يكن بمقدوره أن يفعل أي شيء آخر، فهي هذه المرة محقّة بكل ما تفعله، وليعايره الجميع بما فعلت أخته، ولكنه مصر على رأيه انتقاماً لكرامته اليهودية التي أبت أن يخضعها عربي مهما كان، ثم استرجع بداخله كل الذكريات معها منذ أيام الطفولة مروراً بصباها ثم بشبابها، أتراها تدرك معنى الحياة بعد أن فقدت أخاها، بداخله تمنى أن يلتقيها ليخبرها أنها حبيبة قلبه وأخته التي يشتاق إليها دوماً وأبداً، ولكن يجب التمسك بتراب العروق التي تحمل دعسات أجداده ودمائهم النقية، وإلا اختلطت بمن هب ودب.

فجأة حل سلام مباغت في روحها، تمطت في مقعدها، ضحكت كعادتها عندما تحس بألم شديد في عقلها، وبررته بأنها استراحة محارب كاد ان يموت بخنجر العشق المسموم، بداخلها مزيج من المتناقضات قلق وإحباط وتفاؤل، تولدت في دمها رعشات مختلفة لاحتمالات جديدة، فماذا لو لم يتم التفاهم بينها وبين "معين" بعد الزواج، هل ستصبح امرأة حمقاء خسرت كل شيء؟!!

توقفت عن الدوران حول كوكب الفشل منتبهة أن إخوانها لن يعيشوا معها طوال العمر، وأنهم في نهاية المطاف سيتقبلوا زواجها، وأن "معين" هو بر الأمان لها من غدر الأيام، وبأحضان حبه الدافئة ستغفو في بحر العشاق، إنها تراه كجنين النور يولد من رحم الظلام يشع بخفوت ضوءاً ذهبياً، يتزايد رويداً حتى يصبح كشمس ساطعة تخترق قلبها وتعيش بداخلها منيرة لها ظلام الأيام وحلكتها.

* * *

كانت مفاجأة بالنسبة لوالد "معين" عندما تحدث معه بشأن

موضوع زواجه من "مريم"، فرح من أجله وتمنى له كل التوفيق، ولكن عندما علم بأنها يهودية كان قلبه وعقله متضايقين في البداية، ثم تناسى ضيقه وتذكر أن نبيه محمد صلى الله عليه وسلم تزوج من يهودية، وأن دينه لا يتخذ مواقف مسبقة ضد أحد، ولا يعادي أحداً لمجرد أنه يخالفه في جنس أو لون أو دين أو اعتقاد، إنه يعادي الظلم والفساد والاعتداء على حقوق الآخرين وكل من يدعو إلى شيء من ذلك يعاديه الإسلام، ثم تذكر زوجته الإنجليزية المسيحية، أنها أعظم حب باق للأبد في حياته، ولو قابل جميع النساء ووجد فيهنّ صفات خرافية فلا أحد يشبه زوجته.

ولكنه خاف أن يحدث مع "معين" كما حدث معه ومع والد زوجته الذي رفض أن يكلمه لمدة خمس سنوات، لكون ابنته تزوجت من عربي، وحاول مراراً أن يتقرب إليه، وأن يسترضيه، ولكنه رفض ذلك، حتى جاء "معين" إلى هذه الدنيا، فبدأ هذا الجد بالحضور إلى بيته لرؤية حفيده، ومع الأيام تعلّق بأحفاده ونسي جنسية والدهم.

حضر "عزت" بعد فترة وحيا الجميع بهدوء وسكت ولم يتكلم، فبادره والده قائلاً:

- ألا تبارك لأخيك خطوبته؟؟!!

رد عليه بصوت بارد مليء بالغضب:

- مبروك.

استغرب "معين" من لهجة أخيه الجافة فقال له:

- ما بالك؟!

- بل أنت ماذا حدث لك؟؟ !!!كيف أخرست عذاب الماضي وأرض فلسطين التي اغتصبها اليهود منا.

- نحن في النهاية شعب واحد يسكن كوكباً واحداً، نحن أسرة بشرية مرتبطة بمصير مشترك ومرهونة بأن تكون كنفس واحدة، وإذا حدث

عكس ذلك فسيضيع هذا العالم النقي ويتحول إلى مستنقع مليء بالحروب والكره ورائحة العنصرية النتنة.

- جميل هذا التغيّر، ولكن هل عقلك الباطني سيتقبل احتلال اليهود اليومي لأراضي الفلسطينيين وتهجيرهم إلى دول العالم ليعيشوا القهر والظلم.
- أرجوك لا تخلط بين اليهود والحكومة اليهودية أو الكيان الصهيوني، فالحكومة اليهودية مخطئة ومستمرة بالخطأ بقتلها دون رحمة لآلاف الفلسطينيين وتشريدهم، ولكن ما ذنب الشعب اليهودي في كل هذه الأمور؟؟
- كلهم يتبعون تعليمات قادتهم، فلذلك هم مشتركون معهم بكل ما يفعلونه.
- أنت مخطئ، فأبرز الكتاب والشعراء غير منحازين بقضايا الهجرة، مثل "غرو فيدال" وجماعات دعاة السلام اليهودية التي لا تعد ولا تحصى.
- ألا تخاف أن تكون زوجتك من الموساد؟!!! فأنت تعلم علم اليقين بأن مؤسسات جهاز الاستخبارات الإسرائيلي تتبع كل الوسائل والطرق للتجسس على العرب.
- وماذا يريدون مني؟؟!!
- أنت كاتب، والكاتب بالنسبة لهم كنز يبثون من خلاله أفكارهم السوداء بأسلوب الأفاعي السامة.
- كفى يا عزت، فالحب في حياة رجل وامرأة مرتبط برباط الثقة، وهو مختلف اختلاف كلي عن حب المصلحة أو التجسس.

أوقف والد "معين" هذه المحادثة قائلاً:

- لقد اكتفينا من كمّ الأوجاع التي سكنت قلوبنا، وأظننا جميعاً نتطلع إلى فجر جديد، فجر مليء بالمسامحة يحررنا من أشياء كثيرة،

ويخمد معاركنا الداخلية مع أنفسنا ومع الآخرين، ويتيح لنا فرصة التوقف عن استحضار الغضب والحقد المستمر.

* * *

رأى الذهول في عينيها فقال لها:

- حدثيني عنك بعد لقاء أخيك.

قالت بصوت يحمل تعباً لم تستطع إخفاءه:

- لقد دخلت إلى قاع البحر ولاحقتني أسماك القرش وهي لم تكن جائعة، بل تخترع العداء لي، لذلك لن أكون أمينة معك إذا لم أخبرك بأني عدت إليك ولكن كإنسانة محرومة من نعمة الذكريات، وليست الحياة بين المدينة التي غادرتها والسعادة التي سأعيشها معك غير رحلة صمود لأشخاص لا أزال أحبهم حتى آخر قطرة من حياتي.
- الآن عرفت سر هذا الجمال الخارجي والداخلي الذي تحمليه، ألا وهو قلبك الرقيق، لا تحزني فالحزن لا يليق بكل هذا الجمال، ولتعلمي أن هوية هذا الزمن هو الحزن فلا تزيدي هموماً على هذا الزمن من همومك، ولا تتشاءمي من أفكار لن تضع الحلول لك، عيشي حياتك لحظة بلحظة ولنبدأ عاماً جديداً نحمله بين قلبينا فقط.

سار معها وهو يشعر بسعادة لم يحظ بها من قبل، إنها له الآن، كانت الأضواء والزينة في شارع "Oxford Street" لها مذاق مختلف وهي معه، لقد تحوّلت هذه الأضواء في المحلات إلى نهار ساطع كلما مرت هي من جانبه.

أصبحت اللمسات الإضافية الجميلة الموجودة في شوارع "لندن" بسبب العام الجديد يشبه قلبهما وهو يشع كشطري قمر، لا يفصل بينهما فاصل، ولا يمكن أن يحول بينهما حائل.

حضنها وهو بانتظار ساعة "بيغ بن" لإعلان نهاية عام حزين وبداية عام سعيد، كانت الشوارع مزدحمة في كل أنحاء البلاد، ويسود

الجميع جو من المرح واللحظات الاجتماعية النادرة التي لا يجد فيها أهل "لندن" أي حرج في التحدث مع الأغراب وتهنئتهم بالعام الجديد.

ستبدأ بعد دقائق العام الجديد فسألها قائلاً:

- ما هي أمنيتك؟؟

- أن تهيم روحي بالأفق إلى أحضان قلبك فأدخله وأعيش في صدرك الحنون مدى الحياة، ويكون نورك لي جاذباً نحو الفرار من الماضي مهما كانت القيود المكبّلة حول شجرة حياتي، لأن نهايتي معك ستكون هي البداية، بداية أنثى تعيش حياة جديدة مع رجل سيعيد ترميم نفسها بطاقته السحرية للحب والإرادة، وأنت ما أمنيتك؟

- أن تظهر لي جزيرة وتكوني معي فقط فيها، تحتوي على أشجار ملونة وحقول من القمح الأخضر، وكل شجرة وقمحة تخبرني عن مقدار الفرح الذي بداخلي وسعادتي بوجودك معي، وأن أحاط بأنهار من العشق، وتلال من قوس قزح يغمر وجهك الجميل، وأنظر بعيداً فأرى أسراب الطيور وقد عادت تغني عن قصة حبنا، وأشعة الشمس وهي تلقي خيوطها الذهبية فوقنا لتصنع لنا عمراً جديداً مطعّماً بالمن والسلوى ومغلفاً بأوراق السلوفان البراقة.

هل توقف بهما الزمان، هل عادت بهما الحياة إلى بداية الحب.. ماذا يجري لهما؟؟

دقت الساعة معلنة عاماً جديداً لكل المحبين في العالم وأطلقت الألعاب النارية احتفالاً برأس السنة، ودون تبادل أي كلام، غرقا بالعناق وكأنهم ينهلان هياماً من بعضهما البعض، أغمضت عينيها، ثم فتحتهما فرأت وجهه لا يرمش له جفن دالاً على رجل ذاب بعشقها، بجنونها، بكلام عشقها الذي فجّرت مناجم الذهب بداخله، بعام جديد ستبدأ معه، عام لن تضيفه إلى سنوات عمرها بل إلى سنوات حياتها الجديدة معه.

ذهبا في دورة بطيئة في "London Eye" تستغرق نصف ساعة، لمشاهدة الاحتفالات من أعلى منطقة في "لندن"، نظر إليها وكسر حاجز الرهبة والتمنّع بداخلها، وانقضّ على شفتيها يعصرهما بشفتيه ولسانه ينزلق في فمها، شعرت بكل إحساس جميل وغامض داخل روحها، أحست بأن قلبها يريد أن يقفز من هذه العجلة ليموت بين يديه، بعد دقائق ظل ساكناً ومؤدباً في شأن الجسد، ولم يمسسها بلغة فاضحة أو يحاول أن يطفئ فيه جمراً ملتهباً كان يحرقه، ثم قال لها:

- غداً في الصباح الباكر سنتزوج، وتعيشين معي أيتها الحبيبة مدى الحياة.

طلب منها أن تحضنه، وفتح لها ذراعيه، فما كان منها إلا أن استجابت لمطلبه دون أي اعتراض. استشعرت بدفء جسده، فأسندت رأسها على كتفه، ثم أحاط خصرها في ارتباك حذر، انتفضت بين ذراعيه في أول الأمر، إلا أنها التصقت به التصاق الزهور بفصل الربيع، أمسك بيدها وقال لها:

- امسكي بضلعي فهو جزء من جسدك الآن، لذلك أعدك بأني لن أخذلك في يوم من الأيام فأنت مني وأنا منك، وإذا أحسست بأن حبي لك قد ضعف فسأعيش ناقص الأحشاء، ناقص الإدراك وناقص الأضلاع.

اتفقا معاً على عد النجوم، بعد أن نسيا أن الأرض بجمالها وناسها لا يزالون يشاهدونهم بشغف العشاق والاشتياق للحب الصادق.

أشار إلى نجمة صغيرة براقة وقال لها:

- سوف أحفر اسمك على هذه النجمة، لقد أبهرتني تلك النجمة بما تظهره من جمال بين جميع النجمات.

- ولكن ماذا سيحدث لو تحوّلت هذه النجمة إلى ثقب أسود واختفت عن هذا الكون!!

- لن يحدث هذا، لأن روحك دائماً متلألئة في السماء كأسطورة دائمة من أساطير الكون، كمصباح لا ينطفئ مخصص للعشاق منيراً لهم المعاني الصادقة للحب.

هبطا من المركبة، وتمنت أن تختفي هذه الزحمة القاتلة، وأن يلفها بقلبه تحت قميصه، بحيث يخفيها عن أعين الآخرين، ثم يأخذها في أنحاء "لندن" ويغسل جرحها بأحجارها المعبقة بالتراث، ويلفح وجهيهما هواؤها المنعش البارد، ويذكّرهما بأن لا شيء يتأسفان عليه في هذه الدنيا إلا اجترار الذكريات الأليمة.

الفصل العاشر

....

نقاط الزواج

حظي الرجل بأجمل زهرة منحها الله له، ألا وهي المرأة؛ ولو سمح لجذورها بأن تتقوّى وتتشعّب في أرضه، لأصبح من الصعب إزالتها من حياته حتى ولو اجتمع كل الخلق عليها.

كانت حفلة زواج بسيطة دُعي إليها الأصدقاء المقرّبين فقط، وأُخفيت عن الصحافة بجدارة حتى لا تحرجهما بأمور صفراء مستندة على المبالغة والتهويل وعلى الإشاعات والأخبار المحرّفة.

لم يحضر إخوة "مريم"، ولم يحضر أخ "معين"، وكأنهم اتفقوا معاً على رفض فتح صفحة بيضاء.

ظهرت "مريم" كصبية عذراء فاتنة تلبس العقيق والصدف وتهفهف من فستانها رائحة أنثى خطفها فارسها من بين جميع النساء، كان "معين" يتأبط ذراعها كالمنتصر من بعد حرب ضارية، ومن خلفهما كانت صديقتها "MIA" ترش عليهما من أزهار القرنفل الملونة.

كان Anthony سعيداً بهذا الزواج وألقى خطبة بسيطة معبّراً عن مشاعره الحقيقية لمعين قائلاً:

- ما أكثر الأشياء التي أتمنى أن أقولها لك، ولكن دعني أخبرك بأنك كنت صديقاً وفياً لي في أحلك الأمور وأشدها، لقد كانت رحلتنا في هذه الحياة كطريق مليء بالإخلاص والثقة ولا نعرف نهايته،

وفجـأة ظهـرت حفرة مليئة بالأشـواك والثعابيـن ولا يراها أحد، فإذا بشخص ما يدفعني في اتجاه هذه الحفرة، ففقدت التوازن وشارفت علـى الوقـوع، فالـذي دفعني أبتعد عني وأخذ يضحك على الموقف الذي كاد أن يقضي عليك، وكنت أنت من انقضّ عليّ وسحبني بكل ما أوتي من قوة لكي لا أقع، شـكراً على وقوفك دائماً بجانبي، ثم سرح قليلاً وتذكّر كيف أوقفه "معين"عن تعاطي المخدرات في سن المراهقة، وهدد أصدقاءه بإبلاغ الشرطة في حال أعطوه أي حبوب مخدرة، لقد تعلّم منه أن يكون قوياً بالحق وجريئاً في رفض الأخطاء ولا يخاف الظالم.

كان والـد" معيـن" سـعيداً بمـا يحـدث حولـه، وكأنـه درع قـوي مخصـص لحمايـة هـذا الحـب المتوّج بالسـعادة، ثم توجّـه إلى "مريم" وحضنها بعد أن شاهد حزنها لعدم حضور إخوتها، وقال لها:

- اليوم غمرني الله بعطفه ولطفه ورزقني بابنة، لذلك لا تجعلي شـيئاً يكسـرك، واسـتمدي مـن الألـم قـوة، إذا وقعتـي لا تستسـلمي أبـداً وانهضي سريعاً وأكملي مسيرة حياتك، وتذكّري بأن لك منذ الآن أباً يمتلك بحار ومحيطات الأرض من مشارقها ومغاربها، وهو يعطيها لك مقابل عودة الابتسامة إلى وجهك.

ابتسمت "مريم" له، وقبّلته على خده وقالت:

- أبـي، تلـك الكلمـة الصغيـرة فـي حروفهـا العميقة فـي معانيها، هي لشرف عظيم لي، لقد جعلت جميع جوارحي سعيدة به، شكراً لك يا أبي.

فـي قـرارة نفسـها أصرّت أن تنسـى الأحزان وتجعـل كل حروفها أنغام وضاءة وفرحة تنشرها في قلبها وقلوب الآخرين.

ذهبـا إلـى District Lake لقضـاء شـهر العسـل، حيـث المشـاهد الطبيعية الخلابة كالشروق والغروب، والبحيرات المتنوعة الصافية والتي

لم يمر عليها أي نوع من أنواع التلوث الأرضي والبشري.

كان صوته مثيراً وهو يسألها إذا كان الكوخ الخشبي الذي اختاره لقضاء شهر العسل مناسباً لها، فأجابت قائلة:

- طبعاً، اختيار حبيبي وطَيْفي بعد أمطار الشتاء، ولو كان هذا المكان أرضاً جرداء وأنت معي فسيصبح رمز الجمال في قلبي، ورمز العطاء من شخص تربّع على عرش أحلامي.

دخلا إلى الكوخ، أغوته ببهاء بعطرها الربيعي الذي تضعه، أشعلت فيه نار الرغبة وهي تبدي له جموح جسدها في ضوء الشموع الناعسة، اشتعل عقله متخيّلاً لحظة اللذة وغور اشتهائها، فضمّها إليه قائلاً:

- أريدك أن تدلليني، أريدك هذه المرة أن تقبّليني.

قال كلمته الأخيرة ولم يتوقع ردة فعلها عليها، كانت الاستجابة مليئة بالشوق إليه، واستطاع كلامه المثير أن يكسر كل حواجز التمنّع فانصاعت إليه وهي خجلة، ولم تدري إلا وقد زال من أمامها الحاجز الضبابي، فكان ما بينهما من لذة الوصال، ونشوة الحب كمطارق مستمرة تطرق على أجسام ناعمة تتمتم بأصوات تضيء لهيبهما المتقد.

منذ حادثة زوجته صار يتخذ وضعية الجنين في نومه، لعله يجد النقاء والبراءة والصفحة البيضاء الخالية من أي ذنب التي أَلِفها يوماً ما حين كان جنيناً.

استيقظ وعيناه تجولان على جسمها، ثم مد يده ليلامس رقبتها، بحركة لاإرادية قبّلت يده ووضعتها حول خصرها، أزاحها بهدوء ونهض من السرير، فرائحة جسمها العذب المخلوط بالعشق والهوى الأصيل لم تفارق عقله طوال الليل، ورحيق أنفاسها جعله يشمّ رائحة اللافندر ولونه الزاهي في منامه، أعاد النظر إلى المنظر الذي أمامه، امرأة رائعة بقميص نوم شفاف يظهر تضاريسها المثيرة، تعيش معه وتعطيه دروساً في الحب والسعادة في كل لحظة، ثم نظر إلى الطبيعة الفاتنة الممتدة

أمامـه علـى آفاق البصر، أمسـك بقلمـه الرصاصي لكي يتأكد من واقعية الأشياء، وأنها ليست خيالاً من وحي روايته الجديدة.

فتـح النافـذة، كان الجـو دافئـاً، والشـمس مشـرقة، رأى البحيرات والرمال تشكو البعد في القرب، وتكتم القرب في البعد، فهي لا تنفك متلاصقة، متباعدة شأن النهار والليل.

ذهب ليغتسـل، وبداخله كان يحمد الله على هذه النهاية الجميلة لحب طاهر، أدار محبس المياه وشـعر به بارداً، صافياً وآتياً من أعماق البحيرات، غنّى بصوته الخشن أغنية "Love Endless":

(My love there's only you in my life. The only thing that's right)

ثـم نظـر إلـى رذاذ المـاء المتناثـر من حولـه، إنه يحبهـا بعدد كل قطرة تسـقط على جسـمه، وتذكّره بأسطورة فرهاد وشيرين، الشهيرة في "تركيـا"، والتـي يقـوم فيهـا فرهـاد، باختـراق الجبال والبحـار، من أجل الوصـول لعشـيقته شـيرين، إنـه في هـذه اللحظة يريـد أن يخترق جميع قطرات المياه، وبحرارة قلبه يحوّلها إلى سحابة ربيعية خالية من الرعد يسـتظل من تحتها وهي بحضنه وتسـبح بهما حول العالم من أوله إلى منتهاه.

مشى على أطراف أصابعه محاولاً عدم إيقاظها ليتأملها وهي نائمة كفراشـة متناسـقة الألـوان، نظـرت إليـه بعيـن نصف نائمة وهو بمنشـفة الحمام يحاول أن يمسح بقايا المياه عن جسده العاري، كانت عواطفها في حالة من الغليان، تأملت صدره المكسـو بأشـعار ناعمة سـوداء تبث إشـعاعات ضوئية، اشـتد لمعانها حين اقترب منها وغمر عينيها بسـهام حبه الطاهر.

تمـدّد إلـى جانبهـا محـاولاً الغوص إلى أعماقهـا، كانت حين تنام كـوردة مخبئـة داخل مغـارة تنتظر من يقطفها، وكطائر يمد جناحه ليطير

إلى عالم السماء الواسع ويحتاج إلى من يساعده على التحليق بلمسة جميلة لريشه، ثم حدثت شرارة الاشتعال التي لم تخمد منذ الأمس، و كأن جسديهما متصالحان وروحيهما متساويتان في القيمة والجوهر مما أخرج جميع الرغبات القديمة المحجوبة في أعماقهما على شكل ينابيع من التنهدات وبراكين من العواطف.

بعد ساعات تركت سريرها بعد إرهاق ممتلئ بالسعادة، استيقظ فوراً وهو يسمع صوتها بداخله، تأمّل جسمها، آه ما أجمل جسد المرأة، الساقين، الخدين، النحر، الذراعين، اللون الأسود الغامق في عينيها، رموشها، حاجبيها، اللون الأحمر الخافت في شفتيها، خديها، أظافرها، وأخيراً جسدها المليء بالانحناءات والذي يشبه بمخيلته "أفروديت" رمز الحب والجمال والخصوبة في الأساطير اليونانية، شكراً لك يا رب على هذه الهدية الجميلة التي منحتها للرجل.

قالت له بخجل مثير:

- لما لم توقظني لأعدّ لك ملابسك وقهوتك؟
- لقد كنت صريعة الهوى، ولم أرد أن أرى محبوبتي وهي مرهقة في صباح يوم جديد، هل تسمح أميرتي بفنجان قهوة من صنع يدي.

أحضر كوباً واحداً فقط، شرب منه رشفة وشربت هي الرشفة الأخرى، كان موقع فمها على الكوب يجعله يتذوق متعة الإغواء والاشتياق إليها طوال الوقت.

ذهبا إلى بحيرة Lake Bassenthwaite الأشهر في تلك المنطقة والأجمل، كان أغلب نزلاء الفنادق والأكواخ يتجولون على رمالها، أما الذين جاءوا من المدن القريبة فوضعوا خيامهم بالقرب من البحيرة، وجلسوا يتأملونها، لم يعد هناك ثمة صخب سوى صخب المياه التي أخذت تنحسر عن الرمال.

وجدت نفسها في هذه المكان تعيش سعادة لم تعشها في جميع

رحلاتها حول العالم، وجدت نفسها تفكّر بمعين بحيث بات محور تفكيرها وهدفها الأوحد، وستعقد معه صفقة حب بصفتها امرأة أعمال، ستكون صفقة بين قلبها وقلبه، بحيث يدعها ترتوي من بحيرة حبه وعشقه، وهو يأسرها ما تبقّى من عمرها بكلامه المعسول ويهبها مشاعره وأحاسيسه بدون حساب مدى الحياة.

لم يكن بمقدورها مغادرة هذه البحيرة بذات السهولة التي قدمت فيها إليها، أيعقل أن يكون زواجهما قد ألغى جميع الذكريات التي حملتها مروراً بطفولتها، وشبابها، وانتهاءً بحياتها والإخفاقات المتتالية الغير مستقرة التي مرّت عليها.

كان حبهما عاصفاً، لا يتعب من الكلام والغزل والولع، كانت جلساتهما تمتد لساعات أمام البحيرة، يتكلمان، يصمتان، يتأملان، ولا يملان، وفي هذه الأجواء أحست بأنها حورية غادرت البحيرة إلى حين، فألقت بحذائها وحقيبة يدها، ثم تقدمت نحو البحيرة بخطى ثابتة وكأن شيئاً خفياً يسيّرها وجلست على أطرافها، جلس بجانبها، وأياديهما تداعب الرمل وأقدامهما الحافيتان مغروستين فيه، ثم سألها على غفلة:

- لماذا لا تذرفين الدمع، حتى في أحلك اللحظات التي مرّت علينا من هجر وفرح وسعادة، عجبت من قوتك.
- الدموع هي نور ونار في نفس الوقت، نور يضيء الدنيا بهجة وسرور في حال السعادة وهي نار إذا شعر الإنسان بعدم التقدير أو الخيانة، كنت متألمة من حياة أمي وكيف قسا عليها والدي، كنت بحالة غضب شديدة عندما اتخذها كزوجة صورية، وقلبه متوجه إلى عدة نساء لا حصر لهن، كانت تبكي دائماً أمامه وأمامنا لما تتعرض له من ألم كبير وظلم اجتماعي وهجر في السرير، كان تواطؤاً مني في محنتها أن لا أبكي في حياتي مهما حدث لي وعندما توفيت، بقي هو يحاول أن يهدأ روحها المظلومة بالتبرع إلى الجمعيات

الخيرية باسمها، وكان يراها كل يوم تنام بجانبه بكامل ملابسها، وتنفسها بطيء حزين يدل على قهر شديد، حتى توفي وهو يصرخ باسمها، ولو رجعنا إلى المنطق قليلاً فالبكاء شيء غريب، فعندما نرى أحبابنا بعد فراق نبكي، عندما نتزوج نبكي، عندما نفرح نبكي، صار البكاء دخيلاً على أرواحنا.

اقترب منها يمسح شعرها بحنان لم تشعره من قبل، لم تتوقع من يد بشرية أن تسكب كل هذا الدفء والشفاء في روحها وقال لها:

- ما الحياة سوى لحظات قد تطول أو تقصر، ويجب أن نقضيها في سعادة، ونثور على مشاعرنا السلبية، ثم اقترب من بائع زهور، فاشترى لها زهرة "زنبقة الوادي" وقال لها كوني مثل هذه الزهرة بيضاء صافية، نقية، وتشبه الجرس الصغير الذي يهتزّ لكل ما هو جميل، وبسيط وطبيعي.

أحس بضرورة مصارحتها بما يجول بخاطره فقال لها:

- كان هناك سؤال يتردد بين فكري وقلبي، ولم أجد له إجابة شافية تكفيني عذاب السنين وتروي عطش العشق المكنون في قلبي، هل سأحب مرة أخرى بعد وفاة زوجتي!! إلى أن وجدتك، إلى أن عرفتك، إلى أن أحسست بنبضك، أنتِ فقط دون كل الناس، وبما أننا تصارحنا على عدم إخفاء الخصوصية والأسرار التي في قلوبنا، فلتعلمي بأن دمعتي غالية جداً وذرفتها في مناسبات عديدة، وهي ليست قلة حيلة كما يدّعي البعض، فالرجل ما هو إلا بشر من حقه أن يبكي، ومن حق دموعه أن تجد مكاناً آخر بعيداً عن قسوة الحياة التي أتعبتني من تحمّل أثقالها، كنت مع زوجتي أقود السيارة، وكانت تتناقش معي بشأن الإنجاب، وذلك بعد أن أخبرها الطبيب بأنها عاقر ومن المستحيل أن تنجب، وكانت تريد مني أن أتزوج بامرأة أخرى للحصول على الطفل الذي أتمناه، كنت معترضاً على

هذا الكلام، وأخبرتها بأني تزوجتها لأني أحببتها ولم أنظر إليها كآلة لتفقيس الأطفال فقط، فإذا لم تقم هذه الآلة بمهمتها فمن الأفضل استبدالها بغيرها، ولكنها كانت مصرّة على هذا الموضوع، ولأول مرة أرى هذا العناد في ملامحها، ومع عنادها الواضح نظرت إلى عينيها وأخبرتها بأن الأطفال هم نعمة من الله، ولكن النعمة الأكبر هي وجود زوجة مثلك، أنت الأصل والفروع والجذور، أنا أحبك لنفسك، لذاتك، أحببتك لأنك أنت وليس لأنك أم أطفالي، فالأطفال يكبرون ويصبحون رجالاً ويهجرون العش ولا يبقى في النهاية إلا أنا وأنت، كيف تكون السعادة بدونك؟!! لماذا نجري وراء المشاكل والهموم؟؟ دعينا ننسى هذا الموضوع!!... مع انفعالي بشأن هذا الموضوع، لم أنتبه إلى لوحة التحذيرات الخاصة بالحفريات التي أمامي فانقلبت السيارة بنا، وبثوانٍ قليلة انقلبت حياتي إلى جحيم، كانت مضرّجة بالدماء، زوجة غائبة بحادث شنيع، صامتة تنظر إليّ بذهول، أحاول جاهداً أن أشعر بنبض صغير من قلبها يعيد لي الأمل ولكن لا فائدة، في الواقع لقد قتلتها، أزحتها من حياتي، وتسببت في وضعها في حفرة داخل الأرض.

هالها شحوبه، كان قلبه يتقلّص بقوة من ماضٍ لا يزال يبصره في منامه وفي صحوه.

حل الصمت عليهما، مشيا بمحاذاة البحيرة، وكان يداعب أصابع يديها بلمساته الناعمة مخفياً دموعه التي تكاد أن تضيف إلى البحيرة ماءً صافياً كالألماس.

أرادت أن تركع وتقبّل الأرض التي سقطت عليها دموعه وتخبرها أن تسجّل على ترابها بأن هذه الدموع سقطت من عيني أرق إنسان شاهدته في هذه الدنيا، وهما اللؤلؤتين الممطرتين والمغلفة بالنجوم والقمر والشمس هي نور عيونها المحفورة في جفونها.

إنها تحسّ في كل لحظة أن "معين" لا مثيل له، إنها تعلم الآن أن أحاسيسه الحقيقية ومشاعره الفيّاضة ستبقى في قلبه إلى الأبد ولن تتغير، لن تعترض بعد الآن على أي مشاعر يخزّنها لزوجته السابقة، ما أجمل أن يكون لديك في هذه الدنيا شخص يحافظ على العهد، وفياً للعشرة، يحبك حتى بعد رحيلك.

قالت له وهي تحسّ بضرورة تغيير هذا الموضوع الشائك:

- الأعمار بيد الله، هذه مشيئة رب العالمين، فكل ما حدث لنا هو قضاء وقدر، وأنت لم تتعمد هذا الحادث، ما بك تقتل نفسك بتلك السموم المسيطرة على عقلك، لماذا لا تفكر بالحياة تفكيراً شمولياً، فالحياة هي الحياة، الحياة فن، يجب أن نتعلم منها استنزاف حلاوة كل لحظة، حاول أن تسأل نفسك في حال إذا أغلق الشتاء أبواب بيتك، وحاصرتك تلال الجليد من كل مكان، ماذا ستفعل؟؟ هل ستتجمد أم ستبدأ على التو بإزاحة تلك الثلوج لتفتح نافذة أمل، لو أخطأ كل إنسان وتعذّب مثلك، لمات كل البشر من لسع سياط ضمائرهم، أرجوك يجب أن ننسى الماضي ولا نسمح له بهدم سلامنا الداخلي ونخر أعصابنا في العمق وإلا أصبحنا هياكل فارغة تنتظر القبور، دعنا نعود إلى الإدمان اليومي لنا (ألا وهو عشقنا).

كان كلامها صافياً، فيه قوة شفاء حقيقية، شجّعه ليعلّق عليها قائلاً:

- أتمنى أن نرتمي على هذا العشب الأخضر ونمارس لغة الحب الروحية الجسدية لنتخلص من هذا الضيق الذي أصابنا؟؟

ابتسمت له وقالت:

- هل تقصد أن الضيق سيختفي حين يلتحم عاشقان وتحضنهما نشوة واحدة للانطلاق إلى فضاء نوري في السماء يشتركان فيه بالروح!!
- لا، أيتها الماكرة، لقد أخطأت التعبير هذه المرة، لقد قصدت لغة الحب الجسدية التي يتخللها في نهاية المطاف راحة للروح من

شهوة عالقة فيها.

- آه منك، دائماً تأتيني كلماتك على استحياء، على دفء، كعشق طفلة للعبتها، وحديثها معها بكل أمورها المخفية.
- لقد غدا حبي معكِ أجمل حكاية، ووجدت فيها كل ما أشتهي من السعادة والرفاهية، لنمش معاً حتى نصبح جزءاً لا يتجزأ من هذه الشوارع الجميلة.
- وإذا تعبنا؟
- قلبي سيكون محطتك للراحة.
- وماذا سيكون بداخل هذه المحطة؟؟
- كتب متراكمة تتحدث عن الرومانسية... Gone with the Wind، love in the Time of Cholera ،Outlander ،Redeeming Love والآلاف من الروايات أهديها لك.
- لا أريد أي وسيط في قلبي، سوف أحرق هذه الكتب.
- لا بأس، لأني سأجعل رمادها يتّحد مع جسمي، فأدعك تكتشفين محتوياتها الناعمة والرومانسية كقطعة سكر ذائبة في فنجانك.
- لنذهب إلى مطعم L'Enclume، لقد أخبرني الفندق بأنه مطعم خاص للعرسان بجوّه الآسر.

كان المطعم الذي بني على التراث الإنجليزي القديم مبهراً بديكوراته الجميلة، وكان عازف الكمان يعزف Its not goodbye للمغنية Pausini Laura، بلحنها الجميل والهادئ، كان المكان ساحراً بوجود الشموع الحمراء التي تحيط بهما.

نظر إليها وكأنه يرى البدر جالساً أمامه ومخلوطاً ببريق الشمس، ثم قال لها:

- قد لا تصدقين أنني في اللحظة التي رأيتك فيها، قلت هذه هي الزوجة التي سأعيش معها طوال عمري، وقلت في نفسي، إذا تحقق

هذا الحلم، سأتخذها سكناً، وعالماً نقياً أعيش خلاله.

- لقد تطور حبي لك ولم تعد الفواصل أو المسافات أو المشاعر تفصل بيننا، هل تسمع صوت الكمان!!! إن هناك سحراً عجيباً غامضاً في أوتاره، إنه لغة بدون كلمات، أو هو كلمات بدون لغة، إنه صوت يزيد التفاؤل بالحياة، ويعلن عن ميلاد رجل تربّع على عرش قلبي، وغرّد بحبه ألحان العشق والهيام.
- يا لها من ألحان جميلة تضاف إلى كم المشاعر التي بيننا، إذاً فلتسمح لي أميرتي بأن أهديها هذه الهدية التي هي عبارة عن كتاب للشاعر الفرنسي "ألفريد ديه موسيه" بعنوان (قصائد قديمة وجديدة)، وأريدك أن تقرأي أسلوبه المنمق بالرومانسية والمشاعر المرهفة والأحاسيس القوية، حيث تمرّد على القيود الكلاسيكية في ذلك الوقت وتبنّى المذهب الرومانسي الذي يدعو للحرية، أريدك دائماً متّقدة الذهن، محبّة للمعرفة، قارئة، كاتبة، كثيرة الأسئلة وسأكون لك خير مجيب وطبيب.
- لقد أفسدتني بكثرة الدلال والرومانسية، فأصبحت جانحة الخيال ومدمنة لكلامك، متلهّفة إلى حضنك الدافئ في كل ثانية أراك أمامي.
- أنت حوريتي، أنت لست امرأة من دم ولحم، بل أنت ملاكي الهائم بك، والمأخوذ بنورك، نحن لا نخاف إدماننا لبعضنا البعض، بقدر ما نخاف الألم الذي يسبّبه الانقطاع عما ندمنه.

جاء الطعام ونظر "معين" إلى المطعم وكأنه قطعة فنية، كان هناك موقد في الركن بألسنة حمراء ترسل الدفء إلى الضلوع، ولوحات عن البحيرات، وكأن لغة الحواس اندمجت مع عقله وجعلته يعيش حلماً مخلوطاً بألوان الحب يحفر بداخله نهراً من الجمال والضياء، ومع أن المكان بسيط، ولكن عندما نكون مع مَن نحب، يصبح أروع وأجمل.

لقد أضاف وجودها في حياته ذكريات عن الحب كانت غائبة عن عقله وعادت أقوى وأعمق بلمح البصر.

أتـت طفلـة صغيـرة بجانبهما واقتربت من "مريم"، كانت الفتاة قد ورثـت مـن عيني أمها اللون الأخضر الفاتح، والشـعر الأشـقر الجميل، وتورّد وجنتيها الأحمر الدائم، قبّلت "مريم" يدها وتمنّت أن ترزق بفتاة مثلها تشبه "معين" في ابتسامته العزيزة، همّته العالية، نظرة عينيه الثاقبة، وتنوّره بمساحات الحب والعشق.

الفصل الحادي عشر

....

نقاط ما بعد الزواج

إذا تزوجت المرأة من الرجل الذي أحبته، فإنها لن تذلّ رجولته أبداً وستسير معه في كل الدروب الشائكة لو كان فقيراً، وستصعد معه إلى النجوم وتلمّعها له لو كان غنياً، وفي كلا الحالتين ستكون سعيدة بما تفعل.

كانت شقته التي تعيش فيها مليئة بالزرع الأخضر الذي يتسلق الحائط للدلالة على جمال الطبيعة التي تتراقص من حوله، بجانبها مكتبة مصغرة، وعلى عكس ما تكون عليه المكتبات العامة من ظلام خافت، بدت الغرفة مشعّة بألوان برّاقة، اعتقدت بداية أنها هندسة الإضاءة، ولكنها علمت بأنها بنات أفكاره تسبح في الفضاء فتلمع كالنجوم، كانت كتب مختلفة تبدأ بكتاب "موقف من الميتافيزيقا" لزكي نجيب محمود، وجميع كتب نجيب محفوظ، ورواية "الغائبون" لدانيال ماندلسن، ورواية "في مقهى سن الشباب الضائع" لباتريك موديانو، وسيرة ذاتية تدعى "إسطنبول" للكاتب أورهان باموك، وفي المقدمة القرآن الكريم محفوظاً في أعلى المكتبة وبجانبه التوراة والإنجيل وكتب أخرى مختلفة، موغلة في الغرابة والحداثة والقدم والعظمة.

في أعلى المكتبة صورة له بالرداء الفلسطيني الضيق عند الصدر والذي يتسع ابتداء من الخصر إلى القدمين وهو يشبه الروب حيث

يربط أحد طرفيه في داخل الطرف الآخر بقيطان، كان هذا اللبس يظهره بوجه مضيء وشفاف ومتفائل بالغد، تدل هذه الصورة على تمسّكه بجذوره وتفاخره بها، فهو لا يزال يحمل بداخله ثروة جميلة من العادات والتقاليد لم ينسها مع أنه عاش جميع مراحل حياته في بريطانيا، كان وسيماً بأي شيء يلبسه لأن الوسامة بنظرها هي وسامة العواطف وليس وسامة الشكل، فالإنسان يتعوّد مع الوقت على الوسامة كما يتعوّد على القبح، وتبقى أخلاق الشخص الجميلة الذي تعيش معه مدى الحياة فقط.

على الثلاجة وضع تقويم السنة الجديدة، كتب على كل شهر فيها (بداية حب جديد متدفق وعطاء)، كانت غرفة النوم تحتوي على غطاء لطائر ملون ينشر ريشه الجميل في كل أنحاء الغرفة.

وضعت دميتها الصغيرة التي تشبه الطفلة الحقيقية حتى بالملمس في وسط السرير لتزيينه وللإحساس بالأمومة التي قتلتها غيابها.

إنها فخورة بشقتها الصغيرة التي تباهي بها جميع شجيرات Rosmarinus في جميع السفوح والتلال، وتباهي بها جميع العروش في جميع ممالك الأرض.

أصبح يمارس معها الحياة بسعادة تامة، يتشاركان في تحضير الطعام، يخططان لمستقبلهما معاً، يحضران أفلاماً ومسرحيات، كانت متجددة معه في كل الليالي الدافئة فكانت تلبس ما يروق له من الثياب المغرية، وفي الوقت نفسه تناقشه نقاش المثقفين وتخاطب عقله، فهذا الأمر يثير مشاعر الرجل، لأن الرجل يملّ من المرأة الواحدة في شكلها وهيئتها.

كانت تتغزل فيه بكل حرية، بكلمات حلوة عن مظهره، كلامه، أسلوبه، بدون ترتيب وبعفوية واضحة، فهي تتحدث من قلبها دون أي تعقيدات، وبمشاعر صادقة.

هي تعلم أن الرجل يحب المرأة التي تظهر عواطفها ولا تخفيها، ولا يحب المرأة الكثيرة الشكوى والتي تتلقاه عند الباب لتلقي إليه بأكوام الشكاوى، فكانت تطرح همومها عندما تحس بأن طريقها أصبح مسدوداً وفي الوقت المناسب وبأسلوبها الساحر معه.

هو أيضاً استطاع أن يعرف المعنى الحقيقي للزواج والغاية منه، فكان حبه لها قائماً على المودة والتشاور والتعاون فاستطاع أن يتجاوز الخلافات الصغيرة التي تحدث عادة في بداية الزواج وأن يكون تقياً كريماً يحفظها ويعي قدرها.

أصبحت تستيقظ مبكراً، تحضّر له الفطور، فيذهب هو إلى مقهاه من أجل إكمال روايته الجديدة، وهي إلى عملها.

لقد عادت إلى عملها ولكن بحلّة جديدة، عادت وبيدها خاتم يرمز إلى بدء حياة جديدة مع مَن تحب، كانت ترخي ستائر مكتبها حتى لا يرى أحد ابتسامات العشق الظاهرة منها، تسرح مع نفسها ولا تدري ما يعتريها من أحاسيس، وهي بعيدة عنه تحسّ بأنها تفتقده في كل ثانية، ولا تستطيع منع نفسها من التفكير به، حتى نفسها نستها، لقد صار أساساً في تكوينها الداخلي بروحه التي لا تفارقها.

كانت تعلم بأن إخوتها غاضبون منها ولا يزالون مقاطعين لها، وأن بعض الصحفيين لا يزالون يكتبون عن زواجها الغريب من عربي بعد أن علموا عنه، ولكنها بذكائها وخبرتها السابقة في الحياة ستتفادى أي شائكة تحدث لهم، وتجعل "معين" عصفوراً حراً يغرّد في كل مكان دون أن تحبسه بقفص همومها وشائعات الصحافة التي تطاردها.

في طريقها إلى بيتها، كانت ترسم على الطرقات موسيقى خاصة بهما، لا يمشي عليها إلا هي و "معين" ترقص معه رقصة تعتمد على إيقاعات يتخللها موسيقارها المفضل "ياني كريسماليس" التي تنبض موسيقاه بالنغمات والأصوات لثقافات شعوب الأرض، كانت آلة

الديدجاريدو الأسترالية وآلة دودوك الأرمينية والكمان الجميلة هي مصدر هذه النغمات الصادرة من مخيلتها، كان أمامها وقد وضع يده على ظهرها، ووضعت هي يدها على كتفه، عيناه في عينيها، صامتين ولكن قلبيهما هما مَن يتحدثان عن اشتياقهما وعن لوعتهما المستمرة للحب.

كان العش الذي يجمعهما بنظرها أفخم من جميع القصور التي عاشت فيها لاحتوائه على جو فريد من النقاء والشفافية، كانت تردّد عبارته المشهورة في بداية كل رواية يكتبها (بالحب أردتها لنفسي وبالحب سأضعها في قلبي وبالحب سأعيش معها حتى الممات). هذه العبارة أخذتها إلى عالم جميل، وتفكير لا منتهي، أخذتها إلى رجولته الصادقة وإلى رفضه الشديد أن يعيش تحت ظل امرأة تصرف عليه، رفضه أن يعيش في قصورها، رفضه أن يأخذ أي شيء من مالها، كانت هذه شروطه ليعيشان معاً تحت سقف واحد.

في الطريق مرّت على المكتبة وأحضرت له كتاباً لكاتب عربي يتحدّث عن فلسفة الحب، لقد كانت تحضر له بين الفينة والأخرى كتباً نشرت حديثاً أو قديماً وتقرأها معه بحب وتمعّن لتدخل إلى قلبه وعقله.

كانت جارتهم الإنجليزية امرأة كبيرة في السن وتهتم بمريم، فمرة تعلّمها طبخة إنجليزية، ومرة أخرى تصنع لها قناعاً لوجهها من الخضروات والفواكه، لقد أصبحت فرداً إضافياً ومميزاً في عائلتها، وذات يوم قالت لها:

- لا ألوم الأيام على تغيّر ملامحي وإنما ألوم نفسي على عدم الإنجاب من الرجل الذي أحببته، ولكني أشكر الله على أنه جمعني بك في هذه البناية، فأنت بمقام ابنة لي مليئة بالحب والعطاء والحنان.

شكرتها على كلامها اللطيف، وبداخلها أمنية شديدة أن تكون أمًّا من حبيبها "معين"، أمنية تتوارى خلف ستار شفاف سيأتي في الوقت

والميعاد المناسبين اللذين يقدرهما الله لهما.

* * *

عاد من عمله فوجدها بربطة شعرها الزرقاء الصافية تنظّف غرفة الجلوس، تأمّلها، فكّر بها، أحّس بها، قام إليها وحضنها وأخبرها بأنه يريد مساعدتها.

قالت له وهي تودّ أن تقبّله في جميع أنحاء جسمه:

- نعم أريد مساعدة منك، أريدك في عقلي وقلبي، تحميني، تمنحني القوة، تصبح عالقاً في ذكرياتي ولا يمكن أن تزول منها مهما حدث.
- شكراً لك، وللعلم فالكتاب الأخير الذي أحضرتيه لي "فنان الجوع" لفرانس كافكا رائع بالفعل، إن كتابات كافكا قد تعرّضت فيما بعد للحرق على يد هتلر، وتعرّضت مؤلفات كافكا لموقفين متناقضين من الدول الشيوعية في القرن الماضي، بدأت بالمنع والمصادرة وانتهت بالترحيب والدعم، ولكن الأجمل من محتويات هذا الكتاب تلك الملاحظة المدونة في نهاية الكتاب!!
- أية ملاحظة؟
- لقد كتبت ملاحظة تحتوي على أربعة أمنيات ألا وهي:
- (أن أنجب ولداً يشبه "معين" وأن أرى إخوتي بعد طول غياب، وأن أعيش معه طول العمر، وأن أذهب إلى أعجوبة Stonehenge لرؤية هذه الأعمدة الغريبة).

أخبرته وهي تبتسم:

- إنها مجرد أماني جانحة كتبتها في الطريق بشوق وتسلية لتمضية الوقت، وشيء واهم خلقته بيدي كما يضرب الثور قدمه بالأرض فيظن بأن الملايين من ذرات الغبار والدوائر العالقة بحوافره دارت حول المصارع الإسباني الذي أمامه فأرعبته، ربما تنتهي هذه الأماني بصفر كبير، ولكني لا أهتم بها لأني أملك جميع الأرقام الضخمة

بدفتري وأنت بجانبي.

- بل هي وقائع سأقوم بتنفيذها لك بإذن الله قريباً.

فرحت بما قاله لها، وأحست بأنها أصبحت طفلته المدللة وأصبح هو طفلها المدلل.

* * *

لأمطار الشتاء في لندن وقع غريب على "مريم"، تعشق الركض تحتها كالأطفال تماماً، ثم تتذكر بأنها لم تعد طفلة، ثم تضحك ويختلط صوتها مع زخّات المطر، تعود إلى البيت لتجد "معين" يخرج منشفة كبيرة لها فتخلع ملابسها أمامه كوردة في مهب الريح ترتعد، ويبدأ بتنشيفها، يصبح جسدها مرمر ورخام تنساب عليه بقايا المياه فيحسّ به كأنه الشهد والورد مجموعان في جمال نهديها وخصرها وما دونه، ما أرق وجنتيها وخديها وكأنها غزال وُلد حديثاً ومحاطاً بعطف أمه.

ما زالت كزهرة البنفسج تتعلق بصاحبها وتذبل إذا ابتعدت عنه، يعذّبها ويفرحها في الوقت نفسه قوة شخصيتها في عملها وإدارتها الحديدية لشركاتها، وفي الوقت نفسه ضعفها أمام "معين" وارتعادها من لمساته وكلامه المنسّق.

نامت في حضنه، وعندما فتحت عينيها قال لها:

- كنت نائمة مثل قط صغير استشعر الدفء في حضن حبيبه، لذلك وضعت بجانبك زهرة حمراء، هدية بسيطة اشتريتها لك، لكي تحسّي بدفء أشعتها وهي تنظر إليك طالبة العشق.

- الثلج هدية الشتاء، والشمس هدية الصيف، وزهرتك الحمراء هدية الربيع، وأنت هدية العمر وأمنياتي.

- حين رأيت أمنياتك في الكتاب، تذكرت بأن بداخلي مخزوناً من الزهور يريد أن يحتل مكاناً خصباً في قلبك فوفّرت له المياه والشمس المشرقة، غدا ستتحقق إحدى أمنياتك.

- ما هي؟ أرجوك؟ لم يبقَ في الحروف متّسع، ما بين نقطة وحرف أحتاج إلى شباك العمر لينفتح على منارة مليئة بسفن العالم، ترسي قواربها على سواحل الأماني والأحلام.
- دعيها أمنية غامضة محفورة في قلبك بحروف من ذهب تنمو كل ساعة حتى تشرق عن فجر جديد لي ولك.

كانت الشمس تطلّ بخجل كبير من وراء نافذة البيت، وبصعوبة كبيرة خرج من دفء الفراش وأيقظها معه وطلب منها التحرك فوراً، أخذا حماماً مشتركاً مليئاً بعطر الصابون وعنبره، وبماء دافئ يصهر الحديد لو أراد بحرارته، وكلما هبطت قطرات الماء على جسديهما اشتعل فتيل الحب بشكل مغرٍ بداخلهما، ولكن كان عقلها مشوشاً بالأمنية التي وعدها بها "معين"، لقد أسرها بكلامه دون أسوار أو قضبان وجعلها تلعب لعبة الإحساس بالمفاجأة، وما يخبئها لها من عبير الحب.

استأجر سيارة صغيرة للذهاب إلى مقاطعة "Wiltshire" جنوب غرب إنجلترا لرؤية أعجوبة Stonehenge، التي تمنّت رؤيتها، لقد عقد صفقة معها مكوّنة من الحنان الدافئ والمتدفق لامرأة يعشقها ويخفيها بين مسودات الشعر الرومانسي ويرسم معها كل أمانيها لتحقيقها.

نظرت إليه بحب، ولحظتها تمنّت أن يكونا كعصفورين، يحلّقان في الفضاء، يهبطان في أي منطقة من العالم، يشربان منها، يرقصان في كل الاتجاهات، يتبادلان أناشيد العشق والغرام.

أمسكت يده وقالت:

- شكراً، لقد زرعت بداخلي نشوة الشعور بالدفء ومغامرة الاكتشاف المبطن بتحقيق الأماني من خلال حبك لي.

غمزها بعينيه قائلاً:

- وماذا حصل للنشوة الأخرى، والأماني التي أريدها منك؟

قالت له ووجهها يعلوه حمرة مطعّمة بالهيام:

- أصبحت أخاف منك ومن رغباتك المتواصلة.
- ماذا أفعل؟؟ أنت تحركين أعصابي وتزرعين في دماغي ألماً لا يطاق ولا يهدأ إلا بضمة أو قبلة.

لم تردّ عليه، ولكن كان بداخلها نفس الشعور فهو حين يلمس أناملها يجعل روحها تذوب عشقاً وتضيع في هذا الكون الفسيح.

بعد وفاة زوجته لم يعد يقود أي سيارة، ولكن مع "مريم" عاد إلى القيادة من أجلها، وقاد السيارة ببطء شديد، كان يرتوي من جمال شعرها الطائر الذي يثير بنفسه سعادة يستمدّها من روحها، كانت الطبيعة وحدها من حولهما تتكلم، وهما يطوونها بساطاً بعد بساط، كان يتخيّل بحسّه لا بفكره، أشعة الشمس وهي تغطي جسمها بنسيم البراري كنفحات مسكرة مليئة بعرائس الغاب ورقصات ليل الغجر حول النيران الملتهبة، أخذ يعبث في الراديو متعطشاً إلى سماع الأخبار، وبعدها بدقائق غيّر المحطة وهو يشعر بالضيق والكآبة للكتلة الضخمة من الأخبار المحزنة والقاسية التي تتحدث عن أوضاع العالم العربي السيئة تحديداً.

وضع سي. دي خاص به في السيارة فانطلقت أغاني مطربته اللبنانية المفضلة "فيروز"، خاطبها قائلاً:

- هل تعرفين "فيروز"؟
- نعم، أعرف القليل عنها، ومعجبة بصوتها الخلاب الذي يسحرني.
- إن "فيروز" هي مغنية مسيحية وصاحبة صوت ملائكي، وتأخذ بصوتها عقول كل مَن يسمعها إلى عالم من الحب والأحلام، فجمال صوتها الأخّاذ جعل جميع الطوائف في لبنان تتوقف عن القتال عندما تقام حفلة لها، وكنت أتمنى أن يحترم الجميع كل الديانات السائدة به ولا يعتمدوا على شخص ما أو حاكم ما، ولو تمّ ذلك فسينجم عنه نشوء مجتمع يتحقق فيه السلام وترتفع من خلاله المكونات الروحية والثقافية والتسامحية.

رفعت رأسها وهي تعلم بأنه شخص مختلف بتسامحه الديني وعدم عنصريته في اختيار أصدقائه دون النظر إلى طوائفهم وعقائدهم، مما جعل الجميع يطلبون ودّه ويحبونه، إن هذه النظرة الطاهرة للخلق جعلتها متيّمة به لحدّ الهذيان وعاشقة لهمساته وكلماته ولرحيق أنفاسه، حدّقت إليه بابتسامة صاعقة صادرة من امرأة تعشقه إلى حدّ الموت، جعلته يجن من شفتيها المكتنزتين، وصدرها المضاء بمصابيح الأنوثة.

حينما وصلا إلى هذه المنطقة العتيقة، ببيوتها الصغيرة وحاراتها القديمة، لم تستطع أن تضبط انفعالاتها، وجدت نفسها تحنُّ إلى طفولتها حيث أخذها والدها إلى هذا المكان وهي طفلة، كانت تبحث بذكرياتها عن والدتها وهي تتلقفها وتضمّها إلى صدرها، والحق يقال، إن والدها كان معشوقها ومخزون قصص الطفولة الجميلة التي رواها لها عن هذا المكان بكل ما تحمله من معاني الحب والأبوة.

- هل ما زلت معي؟؟
- أنا معك دائماً، ولكني سرحت في الحياة وجمالها عندما تكون طفلاً، أرجوك أكمل فقط ما بدأت.

قال ضاحكاً:

- وهل تظنين أنك فقدت جمال الحياة عندما كبرت لقد بدأت حياتك الجديدة وأنت معي، وسأجعلها كل يوم زهرة طفولية تبحث عن يد حانية لتلمسها، هيا بنا لقد وصلنا إلى الفندق.

كان فندق Hart White Salisbury Mercure المبني من القرن السابع عشر جميلاً ببياضه الناصع وورق جدرانه الخضراء وحديقته الصغيرة المليئة بالورود وتمثال لملاك صغير يحيط بها، طلب منهما العامل بالفندق الانتظار حتى يتم تنظيف الغرفة.

استراحت "مريم" على أول كرسي يقابلها بعد هذه الرحلة الطويلة المليئة بالسعادة والإثارة، بينما ذهب "معين" إلى خدمة الكونسيرج

ليحجز على أول جولة سياحية لهذه الآثار، استقبلته الفتاة المسؤولة عن الرحلات، وأخبرته بأن رحلتهم ستكون بالغد في الصباح الباكر مع مرافقة، ثم شرحت له عن هذه الأعمدة وكيف نصبت قرب مركز الموقع على شكل دائرتين متداخلتين، استمرت بالحديث معه متفاخرة بآثارهم وعظمتها.

عاد إلى "مريم" ووجد نظرة الغيرة الجميلة الغرقى بأنفاسِ القمر تطلّ من عينيها، فسألته:

- ماذا قالت لك؟؟

قال بنيّة لا تخلو من الخبث، متعمداً إغاظتها لتسير معه على معابرِ الشوق:

- طلبت موعداً عاجلاً، ولكني رفضت طلبها لأن معي أجمل امرأة سمراء يغار منها جميع البيض والحمر والزرق من النساء.
- أخبرها أيضاً بأنك ترفض دعوتها لأنك معلّق بقلب امرأة تعشقك بجنون، ولن تفلح أبداً أي امرأة أخرى في زحزحة جزء بسيط من عشقك لها.
- وأضيف إلى كلامك أيتها الجميلة، بأن المرأة التي لم تعد تغار على زوجها هي التي لم تعد تحبه، إني لا أتصور امرأة غيرك تستحق أن أسجن نفسي داخل قفصها الغيور وأعيش داخل أسواره.
- هناك ألف شاهد على غيرتي، يعرفوني جيداً، أكشاك الورد، أطراف قميصك، عطرك النائم على صدري، قلبك الذي ينبض باسمي، سيفك البتار الذي أنشأ قصة حب هزمت جميع قصص الوحوش والأساطير، لقد أذبتني بحبك، ارحمني قليلاً.

في الصباح الباكر استقلاّ باصاً صغيراً للذهاب إلى هذه المنطقة، أخبرتهما المرشدة أن هذا الأثر رغم شهرته حالياً أصبح أطلالاً، ويتكوّن من مجموعة دائرية من أحجار كبيرة قائمة محاطة بتل ترابي دائري وكل

عمـود ارتفاعـه أربعـة أمتار، وفوق قمم الحجـارة الثلاثين دائرة منتظمة من حجارة يطلق عليها العتبات، ومثبّتة بطريقة عاشـق ومعشـوق، وأن لهـذا المكان سـحره الغامض على العشـاق، يقـرّب الأرواح من بعضها البعض ويجعلها لا تتخلى عن حبها مهما حدث بينهم من فراق، ويعطي الأجساد رغبة لا تقاوم في الحب، وأن كل عامود هو رمز مقنّع لمعاني الحياة.

تبسّم "معين" لمريم وقال لها هامساً:

- آه.. آه، من كيد النساء، لقد عرفت الآن سبب هذه الأمنية بالحضور إلى هنا، ولكني بداخلي أكاد أجن، أريد أن أظهر عارياً وأنام تحت هذا العامود وأنت معي كأفراخ العصافير.
- ثم ماذا؟؟
- نحـاول أن نهـرب مـن هذا السـحر ومحاولة الافتكاك من دفء هذه العواميد الغامضة فلا نجرؤ.
- ثم ماذا؟؟
- نصبـح أسـطورة، وبقـدر ما نشـتهر، بقـدر ما نتكـوّر لنصبح كرة من الياسمين تسافر إلى السماء وتصبح هي القمر المحيط للعشاق.

سألتهما المرشدة أن يختار كل منهما عاموداً لتخبرهما برمزه.

اختـار "معيـن" العامـود المركـب في الزاوية التـي خلفه فقالت له المرشدة:

- لماذا اخترت هذا العامود بالذات.
- لا أدري، ولكن بداخلي أحسست بأنه قريب إلى قلبي.
- إنـه يرمـز إلـى ملك إيثـاكا الأسـطوري "أوديسـيوس" والذي خاطر بحياتـه مـن أجـل زوجتـه "بنلـوب" وعـاش عاشـقاً لها، متيّمـاً بها، ومخلصـاً لهـا مهما ذهب في مغامرات حول العالم وشـاهد الآلاف مـن النسـاء، ولكنـه في نهاية المطاف انتصر المـوت عليه، فعامودك

يرمز إلى الموت.

قالت لها "مريم" بقلق:

- لا أحب سيرة الموت، تعرفين أن وجه العصافير يكون جميلاً عندما يكون مغرداً، ويصبح بشعاً ويظهر ألماً في قلوبنا عندما نجدها ميتة على أشجارها.

أخبرتها المرشدة وهي تشاهد عظمة الحب الذي يجمع هذين الكائنين المتناقضين في الجنسية والمتوحدين في القلوب:

- أنا مثلك أحب الأشياء الجميلة والخالدة، ولكن هذه الأعمدة هي فقط رموز تنساب بهدوء إلى عقولنا للتسلية فقط، ولا تتوقف على تعريفات حقيقية وثابتة، هيا اختاري أي عامود وسوف تندهشين من رمزه.

اختارت "مريم" العامود الذي أمامها مباشرة.

ابتسمت المرشدة وقالت لها:

- هذا العامود رمز العشق، وحجارته هي زخم روحي شفاف ينقلك من جدلية المادة إلى جدلية الروح، إنه يزداد لمعاناً وأثراً جميلاً في أعين المحبين وكلما أمعن المعشوق في جمال معشوقه زاد حبه لهذا العامود.

أحسّت بزهو ارتعش لها جسمها فقالت لمعين:

- لقد زاد حبي لهذا العامود، ولكن هل ما زلت تحبني؟
- لم أتوقف يوماً عن حبك.
- إذاً، دعني أقدّم لك مالي ليسعدك.
- أتظنين أن المال يحقّق المراد، المال لن يجعلني سعيداً في يوم من الأيام، وحالة الحب القائمة على المصلحة ضارّة ومضرّة لأن حب المال سيملأ قلب العاشق بالذهب، وبالتالي ترخص نفسه وبالتدريج يصبح عبداً للمال، أنا لا أنكر بأنه يذلل الصعوبات، في حال كانت

هناك صعوبات، وحبنا واضح المعالم والتفاصيل.

فاض الحنان في قلبها، فضمّت يدها اليمنى إلى يده ومدّت يدها اليسرى إلى جبينه تداعب شعره الرمادي الجميل، ثم انحنت عليه برقة مستفيضة وقبلته على خده، قبلة أُودعت فيها جمال الطبيعة المحيطة من حولها، لقد كشفت هذه القبلة طيبة قلبها الشفاف، وغزارة المنبع والعاطفة الإنسانية في أعمق أعماقها ورفعته إلى سماء الملائكة.

حضنها وقال لها:

- ما أحلى قبلتك يا حبيبتي، وما أروع لمستك، إنني أراك في الورود والأزهار، وأسمع خرير المياه في وجهك، وفي الفلوات والحقول والحدائق الغناء، ما أرقك في الأثير وما أحلى بهاءك في محاسنك المنتشرة في كل مكان.

وقفت أمامه والتقت أنفاسهما في اشتياق حار، وامتزجا بشهقة عميقة طويلة، تلقفتها الأزهار البرية النابتة من حولهما عطراً يصدر متعاً روحية صافية من قلوبهما، وقامت الحور والصفصاف بدور الجوقة الموسيقية، فأتقنت وأبدعت وأظهرت خبايا العشاق.

الفصل الثاني عشر

☠☠☠☠☠☠☠☠☠☠☠☠☠☠☠☠

نقاط إرهابية

(عندما ينمو شعرنا نقوم بقصه بالمقص،
ولا نقطعه بالسيف)

عـادا مـن اكتشـاف مغامـرة الحـب والعشـق وعـادا إلـى حياتهما الطبيعية، فذهب إلى والده صباح يوم استفز ذرية الغيوم بشمس مشرقة أدخلـت البهجـة إلـى قلبه، وحمد الله على منحـه أجمل الحب وأعذبه وأنقاه بعد أن أصبح شباك العمر مفتوحاً على نهايته.

دخـل محـل والـده وقبّـل يديه، كان معتـاداً أن يجلس مع والده أكثـر ممـا يجلـس مـع أصدقائـه، كان لـه بمثابـة أخ وصديق يشـاركه همومه ومشاكله، ويساعده على فهم مواقف عن الحياة ساعدته على مواجهتهـا، كانـت ومـا زالت علاقتهما قوية ومتشـعبة لدرجة أنه حين نظـر إلـى عينـي والده وقرأ ما بداخلها، لاحظ شـحوب وجهه فسـأله عـن السـبب، فأخبـره عـن أخاه "عـزت" وكيف تغيّـر، وأصبح يخرج إلـى أماكـن مجهولـة لا يخبـره عنهـا، فتوجـه "معين" علـى التو، إلى بيـت والـده ليتحـدث مـع "عـزت"، لقد تأخر كثيـراً لحديث ودي مع أخيه يشـرح له عن تأملات الحياة ومشـاكلها، ولكنها مشـاغل الحياة والحـب الجديـد الـذي قلب حياته بجماله الفتّـان، جلس يتأمل غرفة "عزت" فلاحظ شـابـاً صغيراً في السـن ملتحي بلحية سـوداء ظهرت

حديثاً ينام على سريره، وبجانبه صورة تجمعهما معاً، ذهب إلى المطبخ وصنع فنجان قهوة تركي له، جلس على كرسيه المفضل في الصالة الصغيرة التي شهدت أيام الطفولة البريئة، أدار كرسيه قليلاً وشاهد صورة لوالدته بجمالها المبهر، إنه يتذكر كيف كان يذهب معها إلى الكنيسة وهو صغير في السن، وتنطبع بذهنه صورة الكنيسة وما يميّزها من مقاعد خشبية جميلة ذات رائحة تبثّ السعادة في قلبه، وحالة الخشوع التي تسيطر على الجميع عندما يُصلي الكاهن وينطق بكلمات ربما لا يفهمها، ولكن ذهنه يخزّن في اللاشعور هذا الموقف بالأصوات واللمسات والمشاعر التي كانت تنتابه، وكان المسجد أيضاً بالنسبة له مصدراً للأمان والسلام والشبع النفسي وسعادة ما بعدها سعادة عندما يسمع القرآن وهو يُتلى كغذاء فعّال للروح والعقل معاً، كان موقناً أن الأديان كلها تدعو إلى ارتباط سلوكي وخلقي عالٍ، وتنهى عن أي فحشاء أو منكر، وتذكر كيف كان اليهود والمسلمون والمسيحيون يجتمعون معاً في المقهى المواجه لمنزلهم يتناقشون ويضحكون وقلوبهم صافية، ولكن مع مرور الوقت كان الإعلام قد تحكّم بعقول الناس وأخضعهم وروضّهم لكره بعضهم البعض، فصوّر العربي كأداة للجنس ومتخلف يملك قصوراً وأموالاً لا تُعدّ ولا تُحصى وقاتل محترف لا يخلو من الرحمة، وصوّر اليهودي بأنفه الحاد طمّاع يبحث عن المال ويسهّل القوادة في كل مكان يذهب إليه ويسيطر على الجميع بأفكاره الشيطانية، أما المسيحي فيظهر كإنسان ناكر لوجود الله، ويطرد ابنه في حال بلغ الثامنة عشر من بيته، وطابع الحرية الجنسية والإجهاض متوفر في كل بيت.

كان والداه يقدّران ديانة بعضهما البعض، ومتفاهمين في عدم التحدث بأي كلمة تجرح أي ديانة في هذا العالم، و كان هذا الأمر

بالنسبة له مصدراً للمحبة والدفء والسلام والطمأنينة، وهذا ما اتفق عليه مع "مريم" في بداية حياتهما الزوجية.

استيقظ "عزت" وسلّم على "معين" ببرود واضح، ولكن "معين" قرّبه إليه وحضنه، وقال له ممازحاً:

- يبدو أنك أصبحت إنجليزياً ولم تعد تعترف بالعناق.
- أنت تعلم بأني لا أحب القبل والعناق منذ أن كنت صغيراً.
- إنها جزء من تراثنا العربي، فتقبيل اليد والجبهة للأب والأم هو احترام وتقدير وإجلال لهما، وعندما تحضن شخصاً ما عزيزاً عليك فإن هذا الأمر سيشعره بالدفء والراحة النفسية وأنك سعيد بلقائه ومسامحته على ما فعل. لقد حزنت جداً عندما لم تحضر زواجي، إن "مريم" من أطيب النساء في هذا الكون، أرجو أن تنظر بعين الرضا إلى الشخص الذي أمامك متغاضياً عن جنسيته، فكلنا من آدم وحواء، وكلنا إخوة في البشرية.

سرح "عزت" قليلاً، وندم على عدم حضور زواج أخيه الذي كان ينتظره بفارغ الصبر، فأخوه "معين" هو أغلى ما يملك في هذه الحياة وهو شمعته التي لن تنطفئ وهو من ينير له دربه، وتذكّر كيف كان مبهوراً وفخوراً بروايات أخيه عندما كان مراهقاً وكانت تسعده كلمات الغزل والحب والحكم التي تحتويها، أما الآن فيرى فيه رجلاً يدعو إلى ممارسة الجنس والرذيلة من خلال كتبه المنشورة، وأيضاً رجلاً خان القضية الفلسطينية بزواجه من امرأة يهودية.

خاطبه "معين" وهو ينظر إلى وجهه بحب واضح وقال له:

- ما بالك يا أخي، ما الذي حدث لك؟؟ إياك أن تكون غريباً عني، وتخبّئ ما بداخلك، أخبرني بكل ما يدور بعقلك، وأنا على استعداد لمساعدتك بكل ما تريده.

تكلّم معه بصوت حانق وقد خنقته العبرات وقال له:

- ربما لا أجيد التعبير مثلك وتحليل كل أمر في هذه الحياة ولماذا وجد له، ولا أحسن استغلال الأفكار لتوظيفها في القصص والروايات، فهلا أجبتني عمّا أريد أن أسأله لك، أولاً لديّ أسئلة تتعلق بمواضيع الجنس التي تطرحها في رواياتك، ألا تظن بأنك تدعو إلى الانحلال الأخلاقي من خلالها؟!!

نظر إليه وهو يعلم موقناً أن الجيل الجديد من الشباب أصبح يفتقد إلى الدبلوماسية في الحديث والمراعاة في القول والفعل مع الأكبر منهم سناً، وكأنهم يتمرّدون على الحياة بأسلوب فظٍّ لإثبات وجودهم بعد أن ضاعت منهم رموز الحب والاحترام، فردّ عليه بهدوء:

- لك الحق في الاحتجاج على هذا الموضوع، ولكني مسؤول عمّا أكتبه وما أحسّه بإلهامي وشعوري وواقعي الملموس الذي يعبّر عمّا بداخلي، وبكل أسف الجنس لدينا في العالم العربي هو أحد الأمور المحرجة التي لا يتكلم أحد فيها أو عنها إلا بحذر شديد، متناسين أن الجنس غريزة مزروعة بداخلنا، وهى من الغرائز الأساسية في حياتنا مثل الجوع والعطش وهي اليوم في كل مكان، فهي تطالعك عبر التلفزيون، الأفلام والإنترنت! ويبدو أنها لم تعد من المحرمات إلا في الروايات التي أكتبها، كما أن العلاقة الجنسية تشكل العنصر الرئيسي في الحياة الزوجية، وكلما تبادل الشريكان بصراحة ما يرغبان به من علاقة حميمة ستنجح علاقتهما أكثر وأكثر، بالإضافة أن هناك الكثير من حالات الطلاق والخيانات التي تحصل بسبب فشل هذه العلاقة والجهل بها، كفى اختباءً وراء طاولة الخجل وغلاف الخفاء، لنتفادى الأخطاء والطلاق، والممارسات الشاذة والحالات النفسية التي تقع في مجتمعنا بسبب عدم فهم الجنس والهدف منه.

- فـي رواياتـك، الحيـاة طاهـرة وشـريفة وجميـع أبطالـك معرّضـون للتمحـور والضغـوط الخارجيـة للوقوع في الخطـأ، ثم يصلحون ما فعلوه بعد الندم والأسى والرجوع إلى الله، مع أن دينهم ضعيف، ألا تظن بأن أكثر الناس قد تركوا الدين وجاهروا بالفسـاد!! لقد أصبح الإسلام في خطر ومعرّضاً لنهاية أليمة إذا لم نجاهد في إبقائه حياً.
- إذاً كيـف بقـي كل هـذه القـرون الطويلة، كل فتـرة كان فيها ظالمين قتلـوا العلمـاء وتوجهـوا إلـى ملذاتهـم ضاربين بعـرض الحائط كل قيم الإسـلام، ومع ذلك بقي ديننا شـامخاً ومرتفعاً، ولكنه الآن في قلوبنا وليس في أفعالنا، ولو طبّقنا جزءاً بسيطاً منه في كل تصرفاتنا لأصبحنا أرقى وأفضل، اسأل نفسك هل تجاهد من أجل دينك؟؟
- نعم، وشرارة الغضب التي أشعلتها دول الغرب بسبب الديكتاتورية والظلم للعالم العربي بالتحديد.
- إذا كان قتالك من أجل الدين، فمع مَن تحارب؟ ومن أجل ماذا؟؟
- أحـارب مـع المسـلمين الصادقيـن مـع أنفسـهم، ومـن أجـل إظهار الإسلام مرة أخرى.
- وهل الإسلام مخفيّ لتظهره!! الإسلام سيبقى ظاهراً إلى يوم القيامة، دعني أسـألك بعض الأسـئلة يا "عزت": لو جاء إليك رجل أجنبي، وقال لك: إن لديه دقيقة من الزمن، ويريد أن يفهم فيها ما الإسلام، فماذا ستفعل معه؟؟
- مستحيل، لا بد له أن يدرس الحديث وتفسير القرآن وأمور كثيرة لا تُعدّ ولا تحصى.
- لا شيء مستحيل، أخبره بأن الإسلام هو الاعتراف بوجود إله واحد لا شريك له هو الله، وكذلك الإيمان بجميع الأنبياء والرسل الذين أُرسلوا إلى البشرية قبل رسول الإسلام محمد، وأن الإسلام هو دين

الحب والسلام وهو ينهى عن الكره والحقد والبغضاء والمنكر.

- لقد جعلت الأمر بسيطاً جداً.
- ولماذا نعقّد الأمور، ولماذا نجعل ديننا مليئاً بالطلاسم والعقد، هل قرأت بسلاسة وسهولة كتاب "عظمة الإسلام"، للمؤلف الفرنسي "ميشال أورسيل" والذي يردّ فيه على بعض المستشرقين الذين يشككون في حقيقة الرسالة المحمدية تحت وطأة الخوف من الإسلام.
- لا.
- هل قرأت عن النبي "دانيال" أحد أنبياء بني إسرائيل في عصر السبي البابلي؟؟
- لا، ولكني أعرف تاريخ الأنبياء جميعهم من كتاب قصص الأنبياء وجهادهم لإظهار الحق.
- وهل تمعّنت بكل قصة؟؟ وهل كان جهادهم بقتل كل شخص يرفض دينهم!! أم بأخلاقهم وعملهم وعلمهم.
- إذاً، لماذا قاتل رسولنا محمد أهل مكة؟؟
- كان قتال الرسول لأهل مكة ومن ناصرهم لاسترداد الحقوق ورفع الظلم والسماح بالحرية الدينية لكل الناس، ولم تكن حرباً من أجل متعة القتل أو سفك الدماء مطلقاً، يا أخي، اقرأ، ابحث، جاهد بعقلك في دراستك، في عملك، في تعاملك مع الآخرين لأن الله يحب أن يكون عملنا مُتْقَناً، لا تكن عبداً لأفكار لا تعرف مصدرها أو أهدافها وأرفض أن يعطيك أحدهم كتاباً ساماً ويجبرك على قراءته، لذلك اقرأ عن اقتناع وغامر وافشل، وحاول أكثر من مرة، كن صادقاً مع نفسك، فالصدق هو أورمة الأخلاق.
- لقد استخدمنا الصدق من أجل إحلال السلام وفشلنا فشلاً ذريعاً.

- اسمع يا عزيزي، أكثر الذين نقابلهم في هذه الأيام يعجزون مثلنا تماماً، بل ربما يعجزون أكثر منا عن صنع السلام مع أنفسهم، فالسلام يحتاج إلى استقرار تكنولوجي وثقافي ووعي بحضارات الآخرين وما أنجزوه خلال العقود الماضية، وفي حال رفضنا السلام الداخلي والخارجي تأتي هنا الهزائم ويأتي الإرهاب المزروع بالأقنعة المزيفة للدفاع عن الدين.
- وهل كل شخص يدافع عن دينه إرهابي؟!!
- لا، ولكن دافع عن دينك بعملك وتطورك الحضاري، ولا تجبر ولا ترهب الآخرين بحب دينك بأسلوب الضغط والإكراه، لنكن مسلمين بأخلاقنا، وكل دقيقة نصرفها بعمل المعروف، ولا نبرّر لأنفسنا أفعال الآخرين، وإنما نبدأ بأنفسنا ونقوِّم اعوجاجها، وكلنا ذوو خطأ، لذلك يجب أن نضيء للآخرين طريق الصواب بمصابيح إيماننا، ونجعلهم يرون الإسلام وعالمه النقي الطاهر وبذرة الخير والسلام المزروعة بداخله، دعنا نبرع بالعلوم والسياسة والديمقراطية ولا نلتفت إلى الوراء، ويقولون يا "عزت" إن من يقرأ التاريخ جيداً يستطيع رسم المستقبل، فاقرأ عن تاريخ المسلمين وعبقريتهم وعدلهم واحفظ ما قرأت في عقلك لتجلس على القمة.
- وهل دفاعك عن الدين يكون بزواجك من يهودية، والتي من المتوقع أن تذهب معها إلى المعبد اليهودي في يوم من الأيام.
- نعم، وما المانع، غريب أمرك لقد كنا نذهب مع أمي في الماضي القريب إلى الكنيسة، فما هو الفرق؟؟!!
- كانت أغلاط ارتكبناها في الماضي، ولكن مع الأيام وتعرّفي على هؤلاء الأصدقاء الجدد غيّرت نظرتي إلى الكثير من الأمور.
- ماذا حدث لك؟؟!! لقد كنت تسهر في النوادي والبارات، ثم اتجهت

الآن إلى التشدد في الدين، ألا تعرف طبقة وسطى في الحياة تدعى التسامح الديني والنضج والتفكّر في الهدف من وجودنا في هذه الدنيا.

سكت "عزت" ولم يرد على أخيه، وتذكّر كيف كان يشرب جميع أنواع الخمر طوال الوقت، وكم سرق من دكان والده ليدعو الفتيات على حساب قوت والده المسكين، كل هذه الأمور سبّبت له الكثير من الإحراج وجعلت ضميره يؤلمه طوال الوقت، لذلك توجه إلى هؤلاء الأصدقاء لينصحوه ويوجّهوه إلى طريق الصواب، ولكنه عندما تحدث مع "معين" أحسّ أن جزءاً كبيراً من كلامه فيه الصواب، ووجد نفسه ضئيلاً أمام ثقافته وصراحته ومعرفته، مما جعله يصرخ على نفسه: أنت قشري وتجري وراء آخرين، لا يعلم أحد عن نواياهم، ارجع قبل فوات الأوان.

* * *

أخذت خطوات "عزت" تضطرب وهو يدخل منزل رئيس المجموعة التي تدعى "الوسيلة"، والتي بها مجموعة من الشباب من جنسيات عربية وأوربية مختلفة، وقال لرئيسهم بصوت هامس:

- لقد عدلت عن موقفي، لا أريد تفجير أي شيء.

ظل رئيسهم واقفاً كالجماد، وفي عينيه نظرة مملوءة بالوحشية وقد بدا الشر يظهر جلياً على وجهه وردّ عليه بصوت عالٍ قائلاً:

- أنت تعلم علم اليقين بأنك عندما اشتركت معنا تعهدت بعمل كل ما يلزم لتحقيق الحرية والعدل والقضاء على التفاوت الطبقي الهائل، إن حركتنا ليست متطرفة أو رجعية أو دينية، بل هي وسيلة شريفة لتغيير الوضع القائم على تحكّم دول معيّنة بالعالم والتلاعب به من أجل الوصول إلى غاياتهم.

- ولماذا لا نتناقش معهم؟؟!!
- لا فائدة من النقاش، يجب أن يحدث التغيير عن طريق توعية الشعب وفتح أعينه على ما يحل بنا من ظلم فادح، وهذه هي الطريقة الوحيدة والكفيلة بدفع الشعب إلى الثورة وتغيير الوضع القائم، وأكبر مثال على الظلم دولة بريطانيا العظمى.

تذكّر "عزت" بأنه يحمل الجنسية البريطانية وأنه استفاد من نظام التعليم ونظام الرعاية الصحية والتامين، ويعامل دون أدنى فرق بينه وبين أي بريطاني عاش لدهور في لندن، فهب وكأنه لدغ من عقرب فقال:

- إن الشعب البريطاني يملك عدالة وقضاء داخلي لا يمتلكه معظم دول العالم.
- لا يغرّنك هذا الأمر، والإعلام الذي يظهرهم بمظهر الملائكة، انظر إلى الانقسام المذهبي الذي فرضته إنجلترا بين البروتستانت الإنجليز، والكاثوليك الإيرلنديين، ثم لا تنسى أنهم قد قدّموا وعد "بلفور" وأعطوا لليهود دولة لا يستحقونها، وإلى الآن لا يريدون التكفير عن خطاياهم تجاه الشعب الفلسطيني، لأن الضغط الأمريكي واليهودي لا يزال يحرّكهم تجاه كراهية العرب.
- ولكنهم في هذه الحالة سيزيدون من حنقهم وكراهيتهم لنا حتى ولو كانت نوايانا طيبة، فالإرهاب سيظل هو الإرهاب.
- يجب أن يدفع الجميع ثمن الأخطاء التي ارتكبوها بحق الأبرياء، سوف أعطيك مثالاً حياً أمامنا، لقد تعرّض زميلنا "طفيل" "إلى تعذيب في "غوانتانامو" لا يخضع لأي من القوانين الدولية ولا حتى لمعاهدة جنيف الخاصة بحماية حقوق (أسرى الحرب)، لقد وضع في قفص حديدي صنع من أجله، وهو مقيّد الأيدي والأرجل، معصوب الأعين وقد أرغموه على الركوع على الأرض كاللصوص

والأشرار ومجرمي الحرب، إن بريطانيا والولايات المتحدة حليفان يسيران جنباً إلى جنب وبنفس الخطى والأفكار، دعه يخبرك ما حدث لأخيه.

كان "طفيل" شاباً نحيفاً على وجهه أمارات الكآبة والإحباط الشديد، تنهّد قليلاً وقال:

- كان معي في السجن أخي الصغير الذي توفي فيه، موته وصمة عار على قلبي فهو أخي الوحيد، لم يرحموه لذهابه إلى أفغانستان من قبل، فعند القبض عليه وضعوا له قناعاً أسود، جعله يشعر بالاختناق وكأن الحياة تطبق ضلوعها على جسده، وقيّدوا يديه بقيود حديدية تكاد تكسرهما من ثقلها، لقد حاول التنفس عن طريق أنفه فلم يستطع لأن فمه كان مغلقاً تماماً، لقد حاول الصراخ من العذاب لكنه عرف بأنه لن يسمعه أحد، فصراخه كان صامتاً لا تسمعه سوى روحه، والمصيبة الأخرى هي سدادات الأذن التي عزلته عن العالم، يا له من صمت مميت، بالإضافة إلى التعذيب المنفرد عند الإيتاء بأي حركة، وعندما أضرب عن الطعام وسقط على الأرض من شدة الجوع، بدأوا بضربه بأحذيتهم، ثم نزعوا عنه ملابسه، وعندما رفض، قاموا بتمزيق ملابسه، ثم بإجراء "التفتيش الدبري" الذي كان القصد منه الإهانة إليه، وعندما أراد الذهاب إلى الحمام تجاهلوا طلبه، وحين ألحّ بالصراخ، اقترب منه السجّان وركله ثم فكّ قيده وقال له: "استدع رسولك الذي أمرك بقتل الأبرياء لينقذك مما أنت فيه"، فاستدار أخي ليدافع عن دينه، هنا انهال عليه الحراس بالضرب الشديد الذي أدى إلى موته؛ توقف "طفيل" عن متابعة الحديث وقلبه ينبض بالحقد من تذكّر ماضٍ حزين.

أخبره "رئيسهم" بصوت مليء بالكره والغضب الشديد:

- إن "غوانتانامو" يا عزت جريمة كبرى ترتكب، ليس في حق فلان أو علاّن من هذه الجماعة أو تلك، ولكن في حق أبسط الحقوق الإنسانية أنا، وأنت، وكلنا في حالات كهذه التي يسود فيها الظلم، معرّضون للمداهمة في بيوتنا، كلنا معرّضون للخطف من بين أحضان عوائلنا ليُرمى بنا إلى المصير الفادح، إنهم ليسوا في حالة حرب عالمية على "الإرهاب" أو على "القاعدة"، بل هي حرب على الفقراء والمساكين وأي ديانة لا تعجبهم. إن كل المجازر ارتكبها الغرب، ابتداءً من الحرب العالمية الثانية، وصولاً لضحايا الحروب الحالية والتي أغلبها من المدنيين غير المسلّحين، والأطفال الذين لم يسيئوا لهم، من فلسطين لأفغانستان للعراق والصومال، وأينما وجد هدفهم كان قتلهم دون رحمة، مقتلهم ليس مجرد أضرار ثانوية، بل هو للقضاء على المخالفين لهم، إن ما يسمّى التوراة أو العهد القديم هو عصب العنصرية والتعصب والإرهاب الصهيوني بشقّيه اليهودي والمسيحي، فالعهد القديم يذخر بأيديولوجية الحرب والإبادة والسحق والإرهاب من خلال الدعوة لسحق الشعوب وامتلاك أراضي الغير، والسيطرة على مقدرتها، والتحكم بها.

قال "عزت" متذكّراً أمه المسيحية وزوجة أخيه "معين" وديانتها اليهودية وخاف أن يعرف أحد بهذا الموضوع، فقال بصوت مهزوز:

- وهل وجب علينا قتل الأبرياء منهم؟!!
- قد يصاب أناس أبرياء أثناء العملية لأنك لا تستطيع أن تتحكم بكل شيء أثناء التنفيذ، ثم هؤلاء الأشخاص سكتوا وأيّدوا حكومتهم التي هي في كل يوم تموّل وترتكب الجرائم بحق الإنسانية واستمرارهم بالصمت والسماح بالانتهاكات المستمرة هو تواطؤ إجرامي وإرهابي خطير ضد الإنسانية في جميع دول العالم، وكما قلت لك من قبل

فنحن ليست لدينا أي مصالح شخصية في عمليات القتل هذه، وإنما نقوم بها من أجل الشعب، ومن أجل غايات نبيلة كالمساواة والحق والعدل.

قال "عزت" وهو يلتفت من حوله خوفاً من أن يسمعه أحد:

- ولكننا بنظرهم نحن الإرهابيين، وأعدّوا لنا كل عتادهم لمحاربتنا.

ردَّ "إبراهيم" قائلاً:

- الحرب المزعومة ضد الإرهاب هي غطاء ليعتدوا عسكرياً لتامين سيطرتهم على ثروات غرب آسيا. إنها تجارة الدم مقابل النفط، إنها إبادة جماعية. وفي الحرب العالمية الثانية في معركة واحدة دمّرت الطائرات الأمريكية بالقذائف والنابالم الحارق في طلعة جوية واحدة 61ميلاً مربعاً، وقتلت 100 ألف شخص في عمليات جحيم مستعر شمل طوكيو و46 مدينة يابانية أخرى، وكانت نتائجها أفظع من نتائج استخدام الأسلحة النووية، وذلك قبل أن تستخدم أسلحتها النووية فوق مدينتي هيروشيما وناجازاكي التي حصدت بسببها عشرات الآلاف من الأرواح، بلا أدنى تفريق بين مدني وعسكري، أو رجل وامرأة وطفل ونحن مقاومون شرفاء وأتحدّى أي مواطن غربي يستطيع ويتجرأ على نقد عمل المقاومة المشروعة ضد الاحتلال غير المشروع، وفي كل مستعمراتهم في أنحاء العالم، هم كاذبون لا يضحون من أجل واجب وطني مشرّف، بل من أجل العنصرية، لا يحاربون من أجل قضية، إنما من أجل حياتهم وحياة أصدقائهم المترفين من اليهود.

- سأله "عزت" وهو لا يزال في حالة من الضياع الفكري والخوف من هذا العمل:

- كم عدد القواعد العسكرية التي يمتلكونها؟!

- إن لديهم أربع عشرة قاعدة عسكرية حول العالم للدفاع عن حرية إكسون موبيل وشركاء البترول البريطانية، إنهم لا ينشرون الديمقراطية، إنهم ينشرون قواعد الاحتلال الاقتصادي كمتابعة للاحتلال الاقتصادي العسكري اللامنتهي، المجتمع العراقي اليوم وبفضل المساعدات الأمريكية يتميز بالدمار والتفجيرات ومداهمات المنازل والحواجز والموت بالجملة، حظر تجول، سجن، إطلاق جرائم في الشوارع، واعتداءات، لذلك وجب الهجوم للدفاع عن العالم العربي الذي يقاوم ويتحمّل الفقر والإهانة، والعوز إلى كل إنسان.

سأل "عزت" رئيسهم وهو يحسّ بصعوبة الأمر إلى الآن:

- ولكن أغلب الشعب الغربي هم ضد الحرب وضد الاستعمار الخفي ويدافعون عن وحدة الغرب ودستوره في الخارج والداخل.
- إن القوى التشريعية والتنفيذية والقضائية في الغرب تتحدث فقط دون أن تفعل شيئاً، لذلك وجب الهجوم، وجلب الحرية للأجيال التي تلينا، فبدون عدالة وبدون سلام وبدون دستور لن تتحقق أمانينا، لذلك كما اتفقنا سيكون تجمعنا يوم الخميس القادم، وكلنا سنحمل حقائب على الظهر بداخلها القنابل وسندخل في المحطات التالية كلاً على حدة كما يلي:
- أنت يا "عزت" ستذهب من خلال الخط الأصفر وتنزل في محطة "Edgware Road"، قاطعه "عزت" قائلاً:
- ولكن سيكون هناك جاليات عربية ومسلمة وخصوصاً في هذه المحطة.
- دعهم يموتون وينالون جزاءهم، فأغلبهم أتى من أجل المتعة الرخيصة، أو من أجل التفاخر بما يملكونه من أموال أو العمل

لدى هذا الشعب وخدمته، يجب أن نضحّي بالآخرين لتظهر قضيتنا وتتبلور في الإعلام، لا تقاطعني بعد الآن.. هل تسمعني؟؟ أنا سأكون مسؤولاً عن "الخط الأحمر" وأنزل في محطة "Holborn"، أما أنت يا طفيل فستأخذ "الخط الأخضر" وتنزل في محطة "West Kensington"، اسمعوا جميعاً الوقت هو المهم في هذه العملية، فإذا اختلف الوقت فمعناه ضياع كل ما خططناه له من أجل الحرية والعدالة الاجتماعية.

اتفق باقي المجموعة على السفر خارج "لندن" لعمليات انتحارية أخرى من أجل إثبات وجهة نظرهم الخاصة بالحرية والديمقراطية لكل العالم.

توجّه الثلاثة إلى "Luton" من "Leeds" بالسيارة قبل أن يستقلوا القطار إلى لندن، كانت التفجيرات مخططاً لها أن تكون في ساعة الذروة في تمام الساعة السادسة مساءً.

الفصل الثالث عشر

....

نقاط حزينة

قال أحد العشاق (ضاع عمري مرتين، مرة قبل أن ألقاك، والثانية، عندما لم أعد ألقاك)

في المحطة، رأى "عزت" طفلاً صغيراً يلعب مع أمه وهي تحضنه وتقبّله، بدا يفكر بمنطق أنه ليس قاتلاً، وأن نوعية القتل التي سيؤديها تعتبر قتلاً قذراً، ودناءة لروحه وحسناتها، لماذا يفتّت جسمه ويضع نقاوة الأطفال والناس الأبرياء على أشلائه!!

سار بخطى ثقيلة يلبس كاباً ونظارة طبية لإخفاء بعضاً من معالمه المظلمة، كان على ظهره شنطة ثقيلة وكأنها أشواك تضربه بسياط الألم، كيف سيعيش بعد أن يصبح قاتلاً؟؟ أراد أن يغيب في فوضى الزحام ويهرب من صوت ضميره الذي يضربه على رأسه بمطرقة لعينة، ولكنه قرّر أن يفجّر نفسه في المكان والتوقيت المتفق عليه، إنه الآن لا يستطيع التمييز فيما إذا كان العمل الذي يقوم به خطأ أم صواب، أو التمييز بين ما هو حق وما هو باطل، ولكن تغلبه وخزات قوية من الندم لتعارض الأشياء التي سيفعلها مع قيمه الأخلاقية التي ربّاها عليه والديه.

رأى سيدة عجوز تسير بجانبه، تمنّى لو يعتذر لها، لكنه لم يجد حجة مناسبة، وفكر بأخيه، كم يحسده على صراحته ورأيه الصادق، إنه طاهر، أما هو فيؤدّي الطهر بكتلة حمراء مليئة بذنوب الأبرياء، لم يكن قادراً على أن يحرّك عضلة في جسمه، حتى عينيه كان يحاول أن

يفتحهما ليرى طريقه الأسود، أمر جسده أن يحرّك ساقيه فلم يستطع، نظر إلى ساعته لم يبقَ إلا خمس دقائق تفصله بين قضيته التي ناضل من أجل تحقيقها وبين غريزة ظلم الآخرين، شعر بأنه منسلخ عن ذاته، إنه أقرب إلى حالة ازدواجية في الشخصية، بدت له أن تلك الحادثة المشؤومة التي سيقوم بها ستخجله مدى الحياة بالعار والفضيحة، تذكّر والده وهو يروي النكات له ليسعدها به، وأمه وهي تحضنه في كل مناسبة وتخبره عن حبها الشديد له، وشعر بأن أرواحهم جميعاً متعلقة بما سيفعله، أكتشف بأنه حلقة مفقودة من سلسلة لأتباع يجاهدون بقضية لا يعرفون مدى صدقها، وبدا له رئيسه بصورة شيطان يدلي بحجج واهية من أجل القتل والدمار، ثم من أين أتوا بالأدلة على جواز قتل الأبرياء والأطفال والنساء وكبار السن.

في نهاية المطاف قرّر قراره النهائي فرمى بحقيبته في سلة القمامة وأحسّ براحة كبرى لعدم تنفيذه هذه العملية، ولكن معدته أصبحت تؤلمه بسبب القنابل الأخرى، وتقيّأ في منتصف الطريق، لن يستطيع إيقاف أي شيء الآن وسوف يمضي بحياته بكآبة ويأس عظيم لتتحوّل هذه المرحلة إلى خربشة سوداء قذرة في دفتر حياته.

* * *

لبست أحلى فستان لديها، ووضعت شالاً من الحرير الأحمر غطّى نهديها بطريقة مثيرة، أسدلت شعرها على كتفيها، وحضّرت العشاء على ضوء الشموع مع جارتها الإنجليزية التي كانت سعيدة بوجود حب من نوع نادر في هذا الزمن. كانت تنتظر قدومه ليحتضنها كعادته، يا إلهي كم تحبّه، كان أحب إنسان إليها في الوجود كله، وأول حب حقيقي في حياتها كلها، لقد كان هذا الأسبوع حافلاً بالمشاكل الزوجية اللذيذة وهو أمر طبيعي لن تنجو منه أي علاقة زوجيه مهما عظم الحب والاحترام بينهما، كانت أغلبها تدور حول التأخر في عملها وبأنه يريدها طوال

الوقت أمام عينيه لكي يتأمّلها بعقله وقلبه؛ إن الحياة الزوجية الخالية من المشاكل الخفيفة هي في الحقيقة، حياة بلا طعم لذيذ، حياة فقدت الهواء والماء بداخلها فأصبحت كصحراء جرداء، قاحلة.

إنه يوم عيد ميلاده ولديها خبر سيجعله يطير من السعادة (إنها حامل)، فإذا كان ولداً، فسيكون طفلاً جميلاً جداً، أسود العينين كوالده، عظيم الطباع والأخلاق، وليس مشاغباً كأمه، أما لو كانت فتاة فهي ستربط شعرها بالشرائط الزهرية، وتلبسها الألبسة الربيعية الفتّانة، وتخبرها عندما تكبر عن قصة الحب التي ربطتها بوالدها، إنها تعلم بأنها أصبحت عصبية في الفترة الأخيرة بسبب هرمونات الحمل، ولكن في هذه اللحظات تشعر بشيء غريب يختلج في نفسها، شيء لم تشعر به من قبل، لا بد أنه شعور الرهبة لشيء ما سيحدث، ولا تدري كيف تعبّر عنه أو تفسّره وكأنها تخضع لعملية تشويه مركّبة بالهموم، فقد شاهدت على بؤبؤ عينها احتراق الأرز الذي طبخته وتساقطه من حولها على شكل رماد رمادي حزين، نفضت هذه الوساوس من عقلها وبدأت بإعادة طهي الأرز مرة أخرى. فجأةً تاهت عن وجودها وفقدت شعورها، كان قلبها لا يزال بارداً كقطعة ثلج قاسية في قفص صدرها ثم هبطت هذه القطعة إلى مكان عميق من جسدها جعلها تشعر بالبرد الشديد.

أحضرت بطانية لتتدفأ من هذا الشعور الذي حصل لها، جلست على كرسي "معين" المفضل تشمّ رائحة جماله الذكوري، قامت تشعل التلفاز وتصغي لمسلسلات وأفكار وموسيقى تدنّى مستواها الفني والأخلاقي، غفت قليلاً واستيقظت على كابوس رأت من خلاله "معين" وهو يقبّلها على جبينها وقميصه مليء بالدماء، وانتفض جسدها كله، مطلقة صرخة حادة، ولدقيقة كاملة، راحت تتلفت من حولها في توتر شديد باحثة عن "معين"، بقيت في كنبته عدة دقائق أخرى، محاولة السيطرة على أعصابها، واستعادة تماسكها، ولكن على غفلة أعلن شريط

أحمر في كل المحطات التلفازية عن انفجارات حادة متتالية في عدة محطات للقطارات بلندن، أحست بأسف عظيم على ما يحدث في هذا العالم من إرهاب وقتل، لماذا لا تسعى النفس البشرية للسعادة والسلام؟!! لِمَ لا نقضي بقية حياتنا بحب!! لِمَ لا نساعد أنفسنا لنكون سعداء!! لماذا لا تسري مشاعر السلام في أجساد البشر دون أن تتخلّلها أحقاد وكره وبغض!!

اعترفت بينها وبين نفسها أن خارج نطاق الحب لن يجد البشر سوى اليأس والموت والدمار.

قال المذيع بنبرة حزينة وغاضبة:

- الآن الشرطة في "لندن" رفعت حالة التأهب القصوى وشدّدت من إجراءاتها الأمنية بعد هذا التفجير، حيث نشرت قوات مكافحة الإرهاب حول المواقع الرئيسية في قطارات الأنفاق، وتم إيقاف هواتف الجوال عن العمل توقّعاً لتفجيرات إضافية.

جلست لمدة ساعة تتابع الأخبار، وكانت أنظارها كلها معلّقة على شاشات التلفاز لمتابعة آخر التطورات، ورغم أن الرؤيا لم تتّضح بعد، ولم يتم التأكد من جهة الفاعل، إلا أن المذيع أخبر الجميع بأن التوقعات تستدعي أن يكون الأشخاص الذين فجّروا محطات القطار كارهين لتدخل بريطانيا في السياسة الداخلية والخارجية لبعض الدول ومحاولة فرض سيطرتها عليهم، ثم قال لماذا يحقدون علينا نحن الشعب؟؟!! وما ذنب أطفالنا ونسائنا بهذا الموضوع؟؟!!! لماذا يجب أن يحاكم الشعب بجريرة قائده فغالبية الشعب البريطاني وقف ضد الحرب على العراق ولم تكن الحكومة تمثله بأي حال من الأحوال، فالبريطانيون يكرهون حزب المحافظين كراهية الموت فهو يقيّد جميع الحريات، يكره العرب والأجانب بصورة غريبة، يرفع الضرائب بصوره رهيبة وغيرها من الأشياء المريرة التي يكرهها البريطانيون.

....

خرج المذيع مرة أخرى وشرح للجميع عن آخر التطورات:

- تفجيرات لندن هي سلسلة عمليات انتحارية متزامنة حدثت في لندن في صباح اليوم أسفرت عن مصرع مائة وخمسين شخصاً وإصابة ما يقرب من سبعمائة آخرين، كما سيتم الاستعانة بنظام (Starstreak and Rapier) الصاروخي المصمّم على إسقاط أي طائرة تحلّق على ارتفاعات منخفضة وتعتزم القيام بعملية انتحارية على غرار هجمات الحادي عشر من سبتمبر في نيويورك.

أصبح تأخر "معين" عن الحضور وعدم وجود شبكة اتصالات يقلقها جداً، ولكنها تعلم أن الفوضى التي تحدث الآن في الخارج عارمة وشاملة للجميع.

تابع المذيع حديثه قائلاً:

- واستطاعت الشرطة البريطانية معرفة جنسيات الجناة الذين فجّروا أنفسهم بالكامل من خلال كاميرات المراقبة في القطارات، وكان هدفهم الأساسي هو تفجير ثلاثة محطات مهمة في لندن ومزدحمة أغلب الوقت عن طريق حقائب ظهر ملغّمة، وقد انفجر من هذه القنابل قنبلتين فقط، ويعتقد أن المؤامرة الإرهابية هي الأخطر من نوعها في لندن، وأعلنت شرطة "لندن" أسماء الضحايا والمصابين، وقام المذيع بذكر أسماء الضحايا، حتى وصل إلى المصابين، وبدا بذكرهم حسب ترتيبهم في عربة القطار، وقد كان المصاب العاشر في العربة الأولى من القطار هو شخص إنجليزي يدعىRedmayne Anthonyثم المصاب الحادي عشر هو شخص فلسطيني يدعى "معين ملحة".

لم تصدّق ما يحدث، صرخت بصوت عالٍ، وكأنها أصيبت بطعنة ألم مباغت في صدرها، أحسّت بدوار بسيط وكأنها في حالة من عدم

الاستقرار والتوازن، وذهبت إلى أقرب قسم شرطة تبحث عن صحة هذا الخبر وأرشدوها إلى المستشفى التي يرقد بها "معين".

وصلت إلى المستشفى، كانت في عالم آخر، غير عالم الأحياء وغير عالم الأموات ازدادت سرعتها في أروقة المستشفى، لدرجة أنها أحسّت بأنها ستصطدم بجميع الأطباء والممرضين الذين يمارسون عملهم بأفق بارد تعوّدوا عليه.

دخلت إلى غرفته، كانت تتدلّى على قلبه أجهزة تلمس عناقيده المزخرفة بالحب، ليت لسانها يصرخ بصوت عالٍ ليخفّف عن كاهلهما عبء تلك اللحظات الثقيلة المليئة بالرعب، لا تستدرك شيئاً من عالمها الآن سوى صورة اللقاء الأول لهما.

كان يردّد بصوت هامس اسمها، طلبت من الطبيب أن تنحني وتقبّل وجنتيه فسمح لها، ثم شعرت بأنفاسه الحارة وهي تقبّله، ثم طلبت من الطبيب التبرّع بدمها لأنها لن تسمح بسريان أي دماء غير دمها في عروقه.

قال لها بصوت خافض وهو يسمع تنهداتها الجريحة كسهام شرسة تنخر في أحشائه:

- هذه معاناة البشرية أجمعين، إنهم ينتظرونني في مكان أفضل، أنا آسف يا "مريم" الأمنية الثالثة لم تتحقّق لك، الموت صعب ومع ذلك فهو في لحظة ما يتحوّل إلى ملاك يحضنك ويذهب بك إلى أروع مكان على وجه الظهيرة، وفجأة سكت "معين" لثوانٍ بعد أن لمست يده يدها وأغمي عليه.

إنه ما يزال حياً، لكن هل سيستمر بهذا الوضع؟؟! إنه يسمع أصواتاً كثيرة تحيط به، وممرضات يحيطونه بكل عناية.

أرغموا فكه على الفتح، كان الدم يخرج من فمه بغزارة، هل هي النهاية؟؟

تقيّأ الدفعة الثانية من السائل الأحمر، وشعر بصوت "مريم" وهي تطلب منه التمسك بالحياة، كان هناك أشخاص آخرون يدورن حوله في حالة روحانية جميلة، وكأنهم دراويش ينشدون التأمل والكمال، أمكنه أن يشاهد وجه أمه وهي تقترب منه وتطلب منه الهدوء، لكنه لم يستطع أن يتحدث معها.

لقد غاب كل شيء من حوله، غاب كل شيء عن ذهنه، تلاشت الهلوسة البصرية، شاهد جسده المليء بالدماء ولم يتبقَّ إلا طيفين أمامه، زوجته وعقلها الذي أصابه نوع من الهلوسة وعدم التصديق، ووالده الذي أصيب بانهيار كامل وتهاوى على الكنبة التي أمامه، إنه الآن يشعر بأنه يطير إلى عالم فسيح لا يحدّه نهاية أو حاجز، روحه سعيدة وتغدو كحصان بري يجري في منطقة مليئة بأقواس قزح وجنان من بلور.

شاهد مرة أخرى وجه والدته، كان نضراً وقد شعّت من عينيها نظراتها العذبة عندما تكون سعيدة بلقائه وقالت له:

- ستغدو فارساً جميلاً أيها الشهيد، هيّا لننطلق معاً إلى آفاق لم ترَها من قبل، آفاق مضيئة بجنات عذبة.

أول جملة تفتقت في عقلها المسمّم برحيل حبها (لا لم يمت)، ولكن عندما رأت جفنيه المرتخيين، فمه نصف المفتوح، عينيه المغمضتين، وخصلة من شعره الأسود يرسم خطاً رمادياً حزيناً مائلاً على جبهته، عرفت بأنها ستصحو كل صباح وهي محرومة من لمسة يده وهو يخبرها أحبك يا وردتي الجورية، عذابها الآن يتّخذ منحًى آخر من الفجيعة التي جلدتها بسياط الألم.

هي لن تنهار دفعة واحدة بالتأكيد، ولكنها ستنهار، رويداً، رويداً، أغمضت عينيها والدموع رافضة أن تنزل من محجريهما، ستعيش مع ذكرياته بعد أن طويت آمالها الزاهرة، لقد عاشت معه واحة الحياة الخضراء في صحرائها المجدبة، لم تزل إلى الآن تحسّ بهبّات ناعمة

من لمساته، تمر على وجهها من أنسامه الهادئة، لقد فهمت فلسفة الحياة وأدركت عجز عقلها عن تسيير دفة القدر وعن التحكم في مصير الإنسان، أخبرها والد "معين" بأن للشهيد قصراً في الجنة ومع هذا لا تزال تمتلئ بالحزن والهموم.

لقد ذابت مشاعرها، لم تعد لها حياة، أصبحت مجرد كيان بشري فارغ، جثة هامدة تمشي على قدمين، أصبحت حية في عيون الآخرين، وميتة في واقعها الفعلي.

إن المحنة الحقيقية لم تبدأ بعد، لأنها لم تفق بعد من هول الصدمة، لأن الصدمة أذهلتها وأفقدتها جزءاً من شعورها وإحساسها، فلو أنها رأت المصيبة كما هي على حقيقتها لصعقتها كما تصعق الكهرباء طفلاً أراد اكتشافها، لم تستطع أن تمنع نفسها من إغماءة ستنسيها مؤقتاً ماذا يحدث لها، ولكنها ستوقظها على الألم من واقع حدث لها وما زال يحدث.

الفصل الرابع عشر

بدون نقاط

تسألني يا توأم القلب والروح هل أحبك؟ آه، لو تعلم بأنك تتربّع فوق أهدابي، وتدخل كالماء الزلال إلى أعماقي، وكل خلية في جسدي وقطرة دم أصبحت جزءاً منك بحيث تموت لو اقتلعت منها.

مرَّ اليوم الأول لها ولم تستيقظ، لقد أعطوها الكثير من المهدئات والإبر بسبب الحالة الهستيرية التي أصابتها، كانت الكوابيس تحيط بها، وحلمت بأولئك الوحوش وجريمتهم التي لا تُغتفر، أصابتها برودة تسرّبت إلى قلبها إلى عروقها وعظامها، فانتفض جسمها، وارتعشت بينما كان العرق يتصبّب منها فيبلّل ثيابها، ليس بسبب الحزن والخوف، إنه شيء غير ذلك، إنه شيء أشد مرارة من الحزن، وأعظم هولاً من الخوف، إنه فقدان الحبيب.

أمضت "MIA" الليلة بجانبها وكانت تستيقظ كل فترة للاطمئنان عليها.

أشرقت شمس نهار جديد، سيكون نهاراً مقلقاً ومليئاً بالأشواك والذكريات الحزينة، كانت الشمس بالنسبة لها كالحة السواد، والسماء تبدو مجللة بالغيوم والهواء تحسّه ثقيلاً خانقاً، وعقلها يصرخ حزيناً ويرتدّ إلى السماء كصاعقة فشلت بالوصول إلى الأرض ودوّت بصوتها فقط.

حضر جميع إخوتها وحضرت معهم أمنيتها الأخيرة، إنها بالفعل بحاجة إلى العاطفة والحنان في هذه الفترة كي تتخطّى محنتها، ولكن كيف السبيل إلى نسيان "معين"، وهو كالوطن المفقود، يا ليتهم حضروا بالسابق وقابلوا أروع حبيب في هذا العالم، يا ليتهم عرفوا معنى التسامح والحب الذي وزعه "معين" على كل الأشخاص الذين من حوله.

يخيّل إليها الآن أن هناك دهراً طويلاً فاصلاً بين الأمس واليوم، و"معين" رفيق دربها أصبح بعيداً عنها، بعيداً جداً، فاصل لا حدود له، فاصل الحي عن الميت، أو السليم عن المريض الفاقد الأمل بالشفاء والذي يعيش حياً بحكم الميت.

بوغتت بإجراءات المأتم والدفن، واستقبال المعزّين الذين كانوا بالمئات، والذين أتوا من جميع أرجاء بريطانيا، وكان بينهم المسلم واليهودي والمسيحي والبوذي والهندوسي والشنتو واليافالي وطوائف أخرى لا تُعدّ ولا تُحصى، وكأنهم اتفقوا جميعاً على رفض ما حدث، إنهم في النهاية إخوة في الإنسانية، إخوة في البشرية، إخوة في الأديان واللغات والبلدان.

كان Anthony يبكي بحرقة صديقه الذي عاش معه منذ الطفولة، يبكي فقدان أخ ملأ عليه حياته ويحبّه أكثر من نفسه، لقد خرجا معاً في ذلك اليوم للمشي قليلاً والغداء في أحد المطاعم، كان القطار شديد الازدحام، وكان الانفجار هائلاً وشاهد "معين" وهو يقع بجانبه والشظايا تحيط بهما من كل جانب، ومع ذلك كان قلباهما واحد وخوفهما على بعضهما البعض مشتركاً، فكل واحد يحاول أن يحمي الآخر من هذه الشظايا، حتى وقعت قطعة ضخمة من الحديد على جسم "معين" وأغمي عليه، وحاول Anthony بكل ما أوتي من قوة إزاحتها ولكنه فشل وظلّ يصرخ ويصرخ على باقي الركاب الآخرين لإنقاذ صديق عمره حتى أزيلت ولكن بعد فوات الأوان. والآن هو واقف أمام قبر

صديقه الوفي، كان يحاول أن يتجلّد كرجل تلقّى خبر إعدامه، كطير منتفض في عشه في ليلة باردة ممطرة، ولكنه في نهاية المطاف، بكى بمرارة صديقاً وفياً غاب عنه للأبد.

كان حزن والد "معين" مضاعفاً لفقدان ولده الغالي إلى قلبه ولسجن "عزت" بعد اعترافه بالكامل لما حدث معه، وذلك عندما علم بوفاة أخيه.

بعد أيام، اندمل جرحها، ولكن لم تستعد عقلها، ولم يعد لها رغبة في الحياة بعد أن علمت بأنها ستكمل الحياة بدونه كانت تتظاهر بأنها بخير رغماً عنها، كانت تجامل هذا وذاك، وتودّ أن تقول لهم (دعوني وحدي) وليس لها خيار إلا اعتبار ما حدث مجرد خيال لم يحدث، كان بداخلها اشتياق قاتل إلى حديثه، إلى صوته، إلى حنانه، إلى رصانته، إلى ملامح ابنها وهو ينادي "أبي" وضرباته العنيفة في بطنها التي تبلغها بأن هناك روحاً منه لا تزال تعيش بداخلها، روايته الأخيرة بعنوان (أحببت يهودية) هي الشيء الوحيد التي تحمله معها أينما ذهبت، إنها تخاف من تلك اللحظات التي يأتي إليها مندفعاً ويسألها عن رأيها بها.

إنه الأسبوع الثاني على وفاة "معين"، هو لا يزال أمامها يمشي ويفكر بها ويقبّلها، إنها تحسّ بأنها مشدودة للجلوس في المقهى وعلى كرسيه المفضل حيث تعارفا، صرخت بها صديقتها "MIA" أكثر من مرة قائلة لها:

- ابكي، أرجوك أن تبكي.

ولكنها لم تبكِ بل أصبحت متعذبة لماضٍ بعيد، متثاقلة الحركة، في وجهها الجميل نحول واصفرار وفي عينيها النجلاوين ذبول وانكسار.

ذهبت إلى مقهاه المعتاد وأتت النادلة "سيتا" وحضنتها بشدة وعزّتها بحزن واضح على وجهها وقالت لها:

- لا تتصـوّري مـدى حزنـي علـى مـوت الأسـتاذ "معيـن"، إنـه أبـي الروحـي، فأنـا لـم أذهب للبحث عنه، بل هو الذي ظهر في حياتي بدون أي موعد سابق، واستطاع أن يغيّر جزءاً كبيراً منها، بأخلاقه وتواضعه، فقلّما يظهر في حياتك شخص يمزج بين الثقافة والعلوم والأدب والفلسفة والإيمان معاً! دائماً يقول لي هيّا ابدئي حياتك، وبالفعـل تزوّجـت عن اقتنـاع كامل وبمواصفات أخبرني عنها، إني أفتقد نبراته الأبوية التي كانت دائماً تنصحني وتشجّعني على العمل رغم كل الإحباطات التي مرّت بي، آه كم أفتقد الإنسـان والمعلم اليوم! لكن ما يعزّيني أن أفكاره وروحه تعيش بيننا بفضل ما تركه لنـا مـن كنـز معرفي، آملة أن يجد صـداه بين الأجيال، لقد نذرت أن أضع جميع كتبه في هذا المقهى، وأخبر الجميع عن نبل أخلاقه وطباعه.

شكرتها على كلامها اللطيف، وطلبت منها القهوة التي كان يحبها "معين" فربما ترتاح لسوادها لارتباطها العميق بالحزن والألم.

لـم تكـن قـادرة علـى العـودة إلى شـقتهما متخيلـة أن "معين" لن يدخـل عليهـا مـرة أخـرى، أتت النادلة وسـلّمتها أوراق صفـراء صغيرة تخـصّ "معيـن" وقلمـه الرصـاص، أخذتها وتوجّهت إلـى والد "معين" في دكانه، الذي رحّب بها وشـعر بالسـعادة تغمره، إنه يشـمّ "معين" من خلال يديها ووجهها، قال لها بفرحة ظاهرة:

- أرجـوك يـا ابنتـي أن تحضـري في أوقات فراغـك، فمنظرك يذكّرني بصبـاح يـوم جديد حيث شـروق الشـمس وصـوت العصافير، حيث بداية لحياة أوشـكت على الانتهاء، أودّ رؤيتك يومياً، أود أن أرجع للوراء وأشاهد فرحة "معين" وذاك الشعور الظاهر على وجهه وهو ينتظر رؤيتك، أود الاستماع لسعادته التي تملأ البحار وهو يتحدث عنك.

- بالطبع يا أبي، ولديّ لك خبر سيسعدك فأنا حامل.

حضنها بفرحة غامرة وقال:

- يـا لـه مـن خبـر جميل أعـاد لي الحيـاة بعد أن فقدتهـا، لقد أحاط بـي سـياج مـن ألم وجرح عميق لا يـزال حتى هذه اللحظة يؤلمني، يقتلني، ولكني الآن أود أن أعود إلى هذه الحياة لكي أكون أول من يقول لهذا الطفل (أحبك أكثر من روحي).

عـادت إلـى منزلهـا، وكانت صورهـا مع "معين" في كل مكان فيه تذكّرها عندما كنت تجلس بحضنه لتلتف يديه حولها فيرسم في عقلها طريقاً مليئاً بالحب، وسهماً يخترق قلبها بأعذب الألحان.

تنهّـدت قليـلاً ثـم فتحـت الأوراق التـي أخذتها من "سـيتا" بلهفة واضحـة علـى وجههـا وكأنهـا تملـك كنـوز العالم وبدأت بقـراءة خطه الجميل المميز:

الورقة الأولى:

أرفـع رأسـي قليـلاً فـي هذا المقهـى لأرتاح من هـذه الرواية التي أتعبتني بنهايتها، أريد العودة سريعاً إلى عشنا، أتنفس مع "مريم" نسمات العشـاق، نسـمات أيقظت بداخلي رجلاً مرتبكاً بأحاسيسـه، ويرى نفسه بأنه إنسـان ظالم لامرأة تركت كل شـيء من أجله، مالها، وأهلها، هل سأكون كل أمنياتها التي تعوّضها عن هذا الحرمان!!

الورقة الثانية:

أرى صـورة "مريـم" فـي الجرائـد وهـم يتحدثـون عـن نجاحاتها المتتالية وصفقاتها وأعمالها الخيرية، أبتسم لها وكأنها أمامي، أفتخر بها كرمز لامرأة مكافحة، ومع كل هذه الشهرة، فهي تجد أني محور حياتها، وأني نافذتها إلى هذا العالم الكبير الصغير، يا لها من امرأة رائعة.

الورقة الثالثة:

أظن أني عشت عدة رجال في رجل واحد، وأني في كل حياة واجهت مصاعب عدة، ولكني واجهتها وعدت واقفاً، ولكن في الفترة الأخيرة شعرت بثقل السنين وأردت أن أكون بجانب "مريم" وأسعدها دائماً، مختصراً كل المسافات الشائكة في حياتي السابقة والحالية، لأضمّها في قلبي كقصيدة حب خالدة ووددْت حقاً لو كتبتها.

الورقة الرابعة:

لم أخبرها بأني كنت أعيش بأوجاعي ولا أستطيع النوم عندما فقدت زوجتي، وكنت أتحدث إلى جدران المنزل وأسأله عن أحبّة لي مرّوا يوماً من هنا، سكنوا معي ثم تركوني ورحلوا، ولكن هذه الأصوات أصبحت ذكرى جميلة عندما قابلتها.

الورقة الخامسة

دائماً تقول لي "مريم" صمتك هو عشقي وخوفي، إنها لا تعلم بأني أحببتها بصمت لأن الصمت هو لغة العقول ولغة الليل المليئة بالسكون، هي أجمل قصة حب كتبتها في حياتي، همساتها الحائرة تزيد من جنون حبي، نورها ملأ كل ذاتي، طاردتها كصقر عربي، يبحث عن غنيمته القيّمة ولا يريد أن يتنازل عنها مهما حدث له، كانت كحبة العنب تسلّلت إلى قلبي كطعم لذيذ مربوط بسلاسل الهيمان، وتوّجتها أجمل فواكه العالم، كفواكه من الجنة.

الورقة السادسة:

حبيبتي "مريم" متجددة دائماً، وعرفت كيف تسيطر على عقلي وقلبي، كل يوم أجدها قد أعدّت أكلة جديدة، وهي التي تستطيع أن

تحضر مطعماً كاملاً إلى بيتنا، ولكنها تعلم تماماً أن أي زوج يعشق أن يأكل من يد زوجته مهما كان يمتلك من خدم وحشم. كانت تخلق من حولي عالماً قريباً من رغباتي الحقيقية، كان كل شيء معها سهلاً، تلقائياً، يتحرّك وفق إحساسها الصادق، وأي هدية بسيطة أهديها لها تفرح بها وتتصرّف كالأطفال الأبرياء بنظرة السعادة الحقيقية الظاهرة في عينيها، إني أشعر بالسعادة والهناء لمجرد كونها بالقرب مني، ربي لا تحرمني منها.

الورقة السابعة:

كل إنسان يحب من يعشقه بحدود، ولكني أحببت "مريم" بلا حدود وبلا روابط، والسبب أني رأيت ملاكاً يمشي على الأرض بلا أجنحة، وكأنها تمتلك صفات خاصة منحها الله لها فقط، لأول مرة أنسى أن أقبّلها وأقول لها "أحبك" وهذا زلّة لسان لا تُغتفر، سأهديها اليوم وردة بيضاء وأعتذر لها عن مقدار الوله الذي افتقدته ببعدي عنها وأن أيامي وساعات عمري باختصار ليس لها أي قيمة بدونها.

الورقة الثامنة:

كل صباح فجر جديد أتأمّل قلمي الرصاص، الذي شاركني في حب "مريم"، والذي وضع اسمها في كل صفحة من روايتي الجديدة موشّحاً بالعقيق والزمرد، لكن قلمي كقبري لا يتّسع لاثنين، لذلك بريته بأحاسيسي فخاف أن أنساه، فبكى وثار، ثم اقتنع بأن الحياة والكتابة لا تزدهران إلا بحب شخص واحد، فابتهل إلي طالباً المغفرة، فسامحته على ما حدث، وفاضت أنهاره عن عالم "مريم" الجديد الذي تحوّلت فيه إلى قيثارة تعزف لي أنغام الكتابة والعشق عن طريق النوتة الموسيقية المهيأة للحب.

الورقة التاسعة:

اليوم أنهيت الفصل الأخير من روايتي، كانت أخصب فترة أعيشها ككاتب، لأن علاقتي العاطفية مع "مريم" كانت خالية من الوقت الضائع والاستفسارات العقيمة، وبقدر ما أعطتني كامرأة، بقدر ما أعطيت الكتابة من إخلاص، لم تجعلني يوماً أحسّ بأن لنا علاقة بمعنى الارتباط الزوجي المقيّد بسلاسل والذي يكبّلك بالأرض، كنت حراً، وبقدر هذه الحرية، تحتّم عليّ احترام حريتها، شكر إلى أعظم امرأة رأيتها على وجه الأرض.

* * *

بدا الضيق يعتصرها، ها هو الجرح الذي يملأ قلبها بالثكل ومرارة الفقدان لا يبرأ؛ تحاول أن ترفع رأسها، لكي تطلب من الله أن لا تنزل دمعتها، ولكن هاجمتها أخيراً دموعها لاذعة بسخونتها، بدأت أنهار المطر تنهمر، تشعر بها، تغرق فيها، إنه كالندب والعويل، أذابت الكحل الذي أجبر نفسه على التنازل عن وهم القوة والقسوة، ليزرع بداخلها امرأة أكثر حناناً وإنسانية لولدها الذي سيكون امتداداً لشريك عمرها الماضي والحاضر والمحفور في قلبها وعقلها والذي سيستجمع كل الذكريات التي في مخيلتها لتكون ملاذها من مجهول قادم.

(ما زالت إلى الآن تنتظر عودته لتخبره عن آخر التطورات في حياتها، وعن نشرها لروايته الأخيرة التي تصدّرت قائمة المبيعات بمعناها المشرق).

في النهاية

نقاط لا تزال عالقة في ذهني

- معلمتي في أمريكا قبل أكثر من عشرين عاماً كانت يهودية تدعى "Anat" وكان لها الفضل الأكبر في رعايتي وغرس حب القراءة للكتب التاريخية والثقافية المتنوعة.
- لن أنسى أفراد عائلة Bruce and Phyllis المسيحية الأمريكية التي "استضافت" ولدي "عبد الله" سنة كاملة في أمريكا وكانت ترعاه وتحافظ عليه كأولادها بل وأكثر، وعندما أتوا إلى زيارة السعودية قضوا أسبوعاً كاملاً في منزلي.

وددت أن أعرض خطابهم الذي أرسلوه إلى أصدقائهم عند عودتهم إلى ديارهم على الـ facebook، يقولون فيه:

(أن تكون صديقي ليس بالضرورة أن تكون على ديني أو مذهبي، مفهوم الصداقة يتجاوز ذلك بكثير، ألا يكفي أن أصلنا واحد، ألا يكفي أننا جيران في هذا الكوكب، ليس عيباً أن يكون لنا أصدقاء مسلمون وسعوديون، لقد استضافتنا هذه العائلة السعودية وكأننا فرد من عائلتهم، كان الإعلام مغيّباً عندما شرح لنا بأنك ستجد صراصير في أكلهم، وبأنك ستعيش في خيمة في صحراء قاحلة قاتلة، وسيؤذونك حال وصولك إلى المطار، يا ليت الإعلام أتى معنا وشاهد معنا كيف كان التطور الهائل الذي تعيشه السعودية، وكيف كان الاستقبال الحافل لنا... ما أجمل أن يكون لك أخ وصديق في كل مكان في العالم بغض النظر عن ديانته).

هل فهمتم ما أقصده؟؟!!

أزيحوا النقاط السوداء من عقولكم وضعوا بدلاً منها نقاط بيضاء مغلّفة بالحب.

صدر للمؤلف:

1. "اكتشف سحر شخصيتك من خلال لعبة الكاريزما" – دار المؤيد للنشر، 2008م.
2. "مذكرات رجل سعودي عانس" – دار الفكر العربي، 2009م.
3. "لعبة الكاريزما" – دار الكفاح العربي، 2010م.
4. "كاتب مجنون وعاقل يقرأ" – الدار العربية للعلوم ناشرون، 2011م.
5. "نساء بطعم الشوكولاتة" – دار الكفاح العربي، 2012م.
6. "زياد" داخل تابوت الملك "خوفو" – بلاتينيوم بوك، 2012م.
7. "زياد" يكتشف سر المرآة السحرية – بلاتينيوم بوك، 2013م.
8. "زياد" وأسرار هيكل أرتميس – بلاتينيوم بوك، 2014م.
9. عيوبنا بدون ماكياج – دار مدارك للنشر، 2013م.
10. "مغازلجي في JBR" – الدار العربية للعلوم ناشرون، 2013م.
11. الحياة في أربعين ساعة – دار الكفاح العربي، 2014م.

الكتب الأجنبية:

1. “Saeda 4 (40 hours)” – U.K. Xlibris Publisher – 2012.
2. Ziad Inside the king of Chepo – U.K. Xlibris Publisher – 2013.
3. للتواصل مع الكاتب عبر موقعه: http://walidosamakhalil.net